Daywalker

Denise M. Promont

Das Buch:

In einer Welt, die nur oberflächlich friedlich erscheint, begibt sich Anna auf eine fesselnde Reise, um die Geheimnisse der Vergangenheit zu lüften.
Begleite sie auf ihren Weg durch eine Geschichte voller Angst, Zerstörung und Tod, in der die Hoffnung, all das zu überstehen, nur schwach glimmt.
Auf den Spuren des Funkers Danny kommt sie der Wahrheit und der Gefahr mit jedem Schritt näher.

Der Autor:

Denise Martina Promont

Leidenschaftliche Autorin, talentierte Digital Artistin, engagierte Ehefrau und Mutter von drei Kindern sowie diplomierte Lebens- und Sozialberaterin, die sich für ihr persönliches Wachstum und Entwicklung einsetzt.

Geboren in Wien und aufgewachsen in mehren teilen Österreichs, hat meine Reise mich von der Kellnerin zur Autorin geführt. Mit der Unterstützung meines Mannes und einer Familie die mir den Rücken stärkt, scheint mir nichts unmöglich.

Daywalker

Erwachen im Dunkeln

von

Denise M. Promont

1. Edition, 2024

office@denise-schreibt.at

Inhaltsverzeichnis

Kapitel 1

Die Stadt, die sich in der Mitte einer weiten, offenen Ebene erstreckte, war von einer Mauer umgeben, die so alt war wie die Geschichten, die die Ältesten am Lagerfeuer erzählten. Diese Mauer, ein beeindruckendes Bauwerk aus Metall und Stein, erhob sich majestätisch in den Himmel und schien die Stadt in eine schützende Umarmung zu hüllen. Ihre Oberfläche war an vielen Stellen von Rost überzogen, ein Zeugnis der Jahre, die sie überdauert hatte. Doch trotz der rostigen Flecken war die Mauer gut erhalten. Man konnte deutlich die Stellen erkennen, an denen sie ausgebessert und immer wieder erweitert worden war, um den Bedürfnissen der wachsenden Stadt gerecht zu werden.

Die Mauer war nicht nur ein Bauwerk, sondern ein lebendiges Zeugnis der Geschichte der Stadt. An manchen Stellen waren die ursprünglichen Steine noch sichtbar, grob behauen und von der Zeit gezeichnet. Andere Abschnitte waren mit neueren Metallplatten verstärkt worden, die im Sonnenlicht glänzten und einen Kontrast zu den älteren Teilen bildeten. Diese Platten waren mit Nieten befestigt, die wie kleine Sterne auf der Oberfläche der Mauer funkelten. Die Ausbesserungen waren mit Sorgfalt und Geschick vorgenommen worden, was von der Hingabe und dem Stolz der Bewohner zeugte, die ihre Stadt über Generationen hinweg geschützt hatten.

Auf der Mauer patrouillierten Wachen, deren Anwesenheit mehr zeremoniell als notwendig war. Ihre Uniformen waren für den heutigen Tag in den festlichen Farben Blau und Weiß gehalten, die in der Sonne leuchteten. Die Knöpfe und Auszeichnungen, waren aus Gold gefertigt und funkelten bei jeder Bewegung der Wachen. Auf ihren Köpfen trugen sie blaue Barette mit goldenen Akzenten, die ihnen ein stolzes und zugleich feierliches Aussehen verliehen. Ihre Schuhe aus schwarzem Lack glänzten makellos und klackerten leise auf dem Metall der Mauer, während sie ihren Weg entlang der Wachtürme gingen.

Die Wachtürme selbst waren strategisch entlang der Mauer platziert und boten einen weiten Blick über die umliegende Landschaft.

Jeder Turm war mit alten, aber gut gepflegten Scheinwerfern ausgestattet, die in der Vergangenheit dazu gedient hatten, die Dunkelheit zu durchdringen und Gefahren frühzeitig zu erkennen. Heute waren diese Scheinwerfer mehr Dekoration als Notwendigkeit. Die Waffen, die in den Türmen lagerten, waren Relikte aus einer anderen Zeit, sorgfältig gereinigt und geölt, aber seit Jahren nicht mehr abgefeuert.

Die Mauer war nicht nur ein Schutzwall, sondern auch ein Ort der Gemeinschaft. An ihrem Fuß erstreckten sich Gärten und kleine Parks, in denen die Bewohner der Stadt zusammenkamen, um die Sonne zu genießen und die Kinder beim Spielen zu beobachten. Die Mauer bot Schatten an heißen Tagen und Schutz vor den Winden, die über die Ebene fegten. Sie war ein Ort der Ruhe und des Friedens, an dem die Menschen sich sicher fühlten und die Sorgen der Vergangenheit vergessen konnten.

In der Stadt selbst herrschte eine Atmosphäre der Vorfreude und des Feierns. Die Straßen waren mit bunten Fahnen und Girlanden geschmückt, die im Wind flatterten und die Stadt in ein Meer aus Farben tauchten. Aus den Garküchen und Ständen stiegen verlockende Düfte auf, die die Luft mit dem Aroma von frisch gebackenem Brot, gegrilltem Fleisch und süßen Leckereien erfüllten. Die Menschen lachten und tanzten zu der fröhlichen Musik, die von überall her zu hören war, und die Klänge von Trommeln und Flöten erfüllten die Luft.

Jung und Alt tummelten sich in den Gassen, ihre Gesichter strahlten vor Freude und Erwartung. Kinder liefen umher, ihre Hände klebrig von Zuckerwatte und anderen Süßigkeiten, während die Erwachsenen sich in Gespräche vertieften und alte Freundschaften erneuerten. Gut genährte Hunde liefen zwischen den Menschen, ihre Schwänze wedelten fröhlich, während sie nach einem freundlichen Streicheln oder einem Leckerbissen suchten.

Hinter der festlich geschmückten Bühne, die für diesen Tag im Zentrum des Hauptplatzes errichtet worden war, saß ein alter Mann. Er war um die achtzig Jahre alt und trug einen festlichen, wenn auch schon etwas abgetragenen Anzug. In seiner Hand hielt er ein paar Zettel, auf denen seine Rede stand. Trotz der fröhlichen Stimmung um ihn herum wirkte er bedrückt. Seine Hände zitterten leicht, und sein Blick war nachdenklich, als ob er in eine ferne Vergangenheit blickte.

Die Menge begann sich vor der Bühne zu versammeln, gespannt darauf, die Worte des alten Mannes zu hören, der in der Gemeinschaft großen Respekt genoss. Er war ein Hüter der Geschichte, ein Erzähler der alten Zeiten, und seine Reden waren stets voller Weisheit und Erinnerungen. Doch heute schien etwas anders zu sein. Eine leise Melancholie lag in der Luft, die nur diejenigen spüren konnten, die den alten Mann gut kannten.

Langsam erhob er sich von seinem Stuhl und trat an das Rednerpult. Die Menge verstummte, und die Musik verklang, als er das Mikrofon ergriff. Ein sanfter Wind wehte über den Platz und ließ die bunten Fahnen leicht flattern. Der alte Mann atmete tief ein und blickte in die erwartungsvollen Gesichter vor ihm.

Er stand da, die Augen voller Erinnerungen, die ihm schwer auf der Seele lasteten. Die Menge vor ihm war still, jeder schien den Atem anzuhalten, als ob sie die Schwere seiner Worte spüren könnten. Seine Stimme zitterte leicht, doch er fand die Kraft zu sprechen.

„Ihr alle kennt die Geschichten über sie“, sagte er und seine Augen wanderten über die Gesichter der Anwesenden. „Aber ich möchte euch heute eine andere Seite von ihr zeigen. Eine Seite, die nur wenige kannten. Sie war nicht nur die Heldin, die ihr alle bewundert. Sie war auch eine Frau mit Träumen, Hoffnungen und einer unerschütterlichen Liebe für die Menschen um sie herum.“

Er machte eine Pause, um seine Gedanken zu sammeln, während die Erinnerungen an gemeinsame Momente seinen Kopf fluteten. „Ich erinnere mich an die Abende, die wir zusammen verbrachten, wenn die Welt um uns herum zur Ruhe kam. Sie hatte diese unglaubliche Fähigkeit, selbst in den dunkelsten Zeiten Licht zu finden. Sie war mein Anker, mein Kompass, und ohne sie wäre ich verloren gewesen.“

Die Menge lauschte gebannt, einige wischten sich verstohlen Tränen aus den Augen. Der alte Mann spürte die Unterstützung der Menschen um ihn herum, die ihm die Kraft gab, weiterzusprechen.

„Sie hat uns alle inspiriert, nicht wahr?“, fragte er, und ein leises Murmeln der Zustimmung ging durch die Menge. „Ihr Mut und ihre Entschlossenheit haben uns gezeigt, dass wir niemals aufgeben dürfen, egal wie schwer der Weg auch sein mag. Sie hat uns gelehrt, dass Liebe und Mitgefühl die stärksten Waffen sind, die wir besitzen."

Er hielt inne, um die Emotionen zu unterdrücken, die in ihm aufstiegen. „Heute gedenken wir nicht nur ihrer Taten, sondern auch der Liebe, die sie uns allen geschenkt hat. Lasst uns ihr Vermächtnis ehren, indem wir die Welt zu einem besseren Ort machen, so wie sie es getan hat."

Er spürte, wie die Tränen in seinen Augen brannten, doch er lächelte durch den Schmerz hindurch. „Für mich war sie mehr als eine Heldin. Sie war meine Frau, meine beste Freundin, mein Ein und Alles. Und obwohl sie nicht mehr bei uns ist, lebt sie in jedem von uns weiter."

Unerwartet trat er mit diesen Worten vom Rednerpult zurück, doch er wusste, die Erinnerungen an sie, würden ihn immer begleiten, und in den Herzen der Menschen würde sie für immer weiterleben. Während die Menge in ehrfürchtigem Schweigen verharrte kamen zwei Männer um ihn sanft von der Bühne zu führen.

Der alte Mann stand hinter der Bühne, das gedämpfte Licht der Scheinwerfer warf lange Schatten auf den Boden. Er bedankte sich höflich bei den zwei Männern, die ihm geholfen hatten, sicher nach hinten zu gelangen. Ihre Gesichter waren freundlich, und sie nickten ihm ermutigend zu, bevor sie sich wieder ihren Aufgaben zuwandten. Er richtete seinen Anzug und wischte sich die Tränen vom Gesicht, die er nicht mehr zurückhalten konnte.

Langsam machte er sich auf den Weg nach Hause. Seine Schritte hallten leise auf dem gepflasterten Weg wider, während er tief in Gedanken versunken war. Die Feierlichkeiten um ihn herum, die fröhlichen Stimmen und das Lachen, verschwammen zu einem fernen Murmeln, das kaum in sein Bewusstsein drang. Er dachte an die Jahre, die vergangen waren, an die Menschen, die er getroffen hatte, und an die Momente, die sein Leben geprägt hatten.

Zuhause angekommen, zog er den schweren Schlüssel aus seiner Tasche und öffnete die Eingangstür, die aus kaltem Metall gefertigt war. Sie quietschte leise in den Angeln, als er eintrat. Seine Wohneinheit war klein und spartanisch eingerichtet, erinnerte eher an einen umgebauten Bunker, wie die meisten

Wohneinheiten in der Stadt. Die Wände waren aus grauem Beton, und die wenigen Möbelstücke waren funktional und schlicht.

Die Glühbirnen an der Decke flackerten ein paar Mal, bevor sie schließlich ein stetiges, warmes Licht verbreiteten. Der alte Mann seufzte leise, als er seine Jacke aufhängte und sich darauf vorbereitete, ins Bett zu gehen. Er trat vor den Spiegel im kleinen Badezimmer, kämmt sein schütteres, weißes Haar und grinste dabei. "Es mussten ungefähr 50 Jahre vergehen, bis wir beide die gleiche Haarfarbe hatten", sagte er zu seinem Spiegelbild, das ihn mit tiefblauen Augen ansah.

Er suchte in diesen Augen nach dem jungen Mann, der er einst gewesen war, nach dem Feuer und der Leidenschaft, die ihn einst angetrieben hatten. Doch die Zeit hatte ihre Spuren hinterlassen, und es war schwer, den Jungen in dem alten Mann zu erkennen. Plötzlich riss ihn ein lautes Klopfen an der Tür aus seinen Gedanken.

Der alte Mann zuckte zusammen. Er legte den Kamm beiseite und ging langsam zur Tür, seine Schritte hallten leise auf dem kalten Betonboden wider. Wer könnte um diese späte Stunde noch an seiner Tür sein? Er öffnete die schwere Metalltür einen Spalt breit und spähte hinaus.

Vor ihm stand eine junge Frau, die er nicht sofort erkannte. Sie trug einen dicken Mantel, der sie vor der kühlen Nachtluft schützte, und ihre Augen funkelten neugierig und ein wenig nervös. „Entschuldigen Sie die späte Störung", sagte sie mit einer Stimme, die sowohl Entschlossenheit als auch Unsicherheit verriet. „Mein Name ist Anna. Ich habe Sie heute bei der Gedenkfeier sprechen hören."

Der alte Mann nickte langsam, öffnete die Tür ein wenig weiter und trat zur Seite, um sie hereinzulassen. „Kommen Sie doch herein, es ist kalt draußen", sagte er mit einer einladenden Geste. Anna trat ein und sah sich in der spärlich eingerichteten Wohneinheit um. Die Wände waren kahl, abgesehen von ein paar verblassten Fotografien, die an vergangene Zeiten erinnerten.

„Ich hoffe, ich störe nicht", begann Anna, während sie sich auf den angebotenen Stuhl setzte. „Aber ich wollte mit Ihnen über die Frau sprechen, von der Sie heute erzählt haben. Sie hat mein Leben auf eine Weise beeinflusst, die ich kaum in Worte fassen kann."

Der alte Mann setzte sich ihr gegenüber und betrachtete sie aufmerksam. „Sie war eine bemerkenswerte Frau", sagte er leise, während er sich an die vielen Herausforderungen erinnerte, die er über die Jahre mit ihr gemeistert hatte. „Wie hat sie Ihr Leben beeinflusst, wenn ich fragen darf?"

Anna zögerte einen Moment, als ob sie die richtigen Worte suchte. „Ich bin in einer Welt aufgewachsen, die von ihren Taten geprägt wurde", erklärte sie schließlich. „Meine Eltern haben mir oft von ihr erzählt, von ihrem Mut und ihrer Entschlossenheit. Sie hat uns alle inspiriert, für das zu kämpfen, woran wir glauben. Auch wenn das für meine Generation nie nötig war."

Der alte Mann nickte, während er Annas Worte auf sich wirken ließ. „Sie hat uns alle inspiriert", wiederholte er, seine Stimme voller Stolz und Trauer zugleich. „Es ist schön zu wissen, dass ihr Vermächtnis weiterlebt."

Anna lächelte sanft und fuhr fort: „Ich wollte Sie fragen, ob Sie mir mehr über sie erzählen könnten. Nicht nur die Geschichten, die jeder kennt, sondern die persönlichen Erinnerungen, die Sie mit ihr teilen."

Der alte Mann lehnte sich in seinem Stuhl zurück und schloss für einen Moment die Augen, während er in die Vergangenheit eintauchte. „Es gibt so Vieles, was ich erzählen könnte", begann er, als die Erinnerungen an seine Frau lebendig wurden. „Sie war nicht nur eine Heldin für die Welt, sondern auch für mich. Sie hatte diese unglaubliche Fähigkeit, selbst in den dunkelsten Zeiten Licht zu finden."

Kapitel 2

In der kühlen, stillen Nacht, hoch oben in einem alten Wachturm, lagen zwei junge Männer Anfang bis Mitte zwanzig auf ihren Feldbetten. Der Mond warf sein silbernes Licht durch die kleinen Fenster und tauchte den Raum in ein sanftes, beruhigendes Leuchten. Doch die Ruhe wurde jäh durchbrochen, als eine ohrenbetäubende Sirene die Stille zerriss. Die beiden Männer, bis eben noch in tiefem Schlaf versunken, wurden abrupt aus ihren Träumen gerissen und flogen förmlich aus ihren Betten.

Der jüngere der beiden Männer mit pechschwarzem, kurz geschnittenem Haar und tiefblauen Augen, die im Mondlicht fast zu leuchten schienen, wandte sich mit einem vorwurfsvollen Schrei an seinen Kameraden: „Bist du etwa schon wieder während deiner Wache eingeschlafen, Jocker?“ Seine Stimme war eine Mischung aus Ärger und Panik, die in der Luft vibrierte.

Joker rieb sich verschlafen die Augen und erwiderte mit einem genervten Unterton: „Lass mich in Frieden. Lass mich mal schauen, ob ich etwas entdecke. Und wenn du siehst, dass ich mir in die Hosen scheiße, schau, dass du einen Notfunk absetzt, und zwar so schnell wie möglich!" Trotz der angespannten Situation versuchte er, mit Humor in seinen Worten, die aufkommende Angst zu überspielen.

Mit zitternden Händen griff Joker nach dem Fernglas und begann, die weiten, dunklen Ebenen abzusuchen. Sein Herz pochte wild in seiner Brust, während er hoffte, dass es nur ein streunendes Tier war, das den Alarm ausgelöst hatte, und nicht das, wovor sich die ganze Kolonie am meisten fürchtete. Kalter Angstschweiß lief ihm über das Gesicht, als er die Umgebung absuchte.

Plötzlich hielt er inne. Sein Blick verharrte auf einem Punkt in der Ferne. Sein Gesicht erstarrte, und mit einem Ruck warf er das Fernglas beiseite. Ohne zu zögern, drückte er den roten Alarmknopf und griff nach seinem Gewehr. Die Situation war ernst.

Eine laute Computerstimme hallte durch die ganze Kolonie: „Achtung, Achtung, das ist keine Übung! Bitte begeben Sie sich sofort in die nächsten Schutzräume!" Die Worte hallten bedrohlich in der Nacht wider und ließen die Bewohner in Panik aus ihren Häusern strömen.

Während Joker das Fernglas wegwarf, hatte Funker Danny, bereits begonnen, ein Notsignal zu senden. Seine Stimme war fest und die Dringlichkeit war unverkennbar: „Funker Danny von Kolonie 852. Wir werden angegriffen und benötigen sofortige Hilfe und Evakuierung." Seine Worte schnitten durch die Nacht, während die Computerstimme unermüdlich die Warnung an die Bevölkerung ausgab. Die Spannung war greifbar, und die beiden Männer wussten, dass sie sich auf das Schlimmste vorbereiten mussten.

Mit seinem Gewehr in der Hand lehnte sich Joker mit einem schiefen Grinsen an die Wand des Wachturms und sagte zu Danny: „Alter, wenn wir das hier überleben, hole ich mir drei Tage durchgehend einen Runter." Seine Worte waren von einer Mischung aus Galgenhumor und der verzweifelten Hoffnung geprägt, die Situation irgendwie zu überstehen. Danny, der gerade mit dem Funkgerät beschäftigt war, zuckte nur mit den Schultern und dachte sich insgeheim: „Du machst ja sonst auch nichts anderes."

Trotz der ernsten Lage konnte er sich ein kleines Lächeln nicht verkneifen.

Zwischen seinen Notrufen ließ Danny immer etwa 20 Sekunden verstreichen, um auf eine mögliche Antwort zu warten. Die Stille in diesen Momenten war erdrückend, nur unterbrochen vom leisen Summen der Elektronik und der Durchsage an die Bürger. Die Anspannung war groß, doch die beiden Freunde hielten zusammen.

Obwohl der Tonfall und die Gedanken zwischen Joker und Danny manchmal rau waren, verband sie eine tiefe Freundschaft, die bis in ihre Kindheit zurückreichte. Sie waren in dieser Kolonie aufgewachsen, hatten gemeinsam die Schulbank gedrückt und die Verteidigungsausbildung absolviert. In dieser Zeit wurde entschieden, dass Danny als Funker und Joker als Aufklärer arbeiten sollten.

Joker hatte ursprünglich die Aufgabe, mit den anderen Aufklärern außerhalb der Mauer Ausschau zu halten. Doch ein missglückter Auftrag führte dazu, dass er zur Nachtwache degradiert wurde. Aber was genau passiert war, wusste keiner. Trotz dieses Rückschlags blieb er optimistisch und nahm seine neue Rolle mit einem Augenzwinkern an. Die

Freundschaft zwischen ihm und Danny war unerschütterlich.

„Jocker, was kommt alles? Vierfüßler, Zweifüßler, Flieger oder alles?“ Fragte Danny mit einer Stimme, die vor Anspannung zitterte. Die Dunkelheit der Nacht schien sich um den Wachturm zu verdichten, während er auf eine Antwort wartete. Joker, der mit zusammengekniffenen Augen in die Ferne starrte, antwortete schließlich: „Ich konnte nur Vierfüßler erkennen, also könnten wir eine Chance haben.“ Seine Worte waren kaum verklungen, als die ersten Schüsse die Nacht zerrissen. Zwei Wachtürme weiter begann ein Scharfschütze, das Feuer zu eröffnen, seine Schüsse hallten wie ein unheilvolles Echo durch die Dunkelheit.

Auf den Straßen der Kolonie herrschte Chaos. Die in Angst versetzte Bevölkerung rannte panisch umher, während das Weinen von Kindern die Luft erfüllte. Die Evakuierung in die Schutzräume hatte gerade erst begonnen, und die Menschen drängten sich verzweifelt in Richtung Sicherheit. Doch die Bedrohung war bereits unheimlich nah.

Ein tiefes Knurren und Grollen drang von draußen herein, begleitet von einem unheilvollen Kratzen am Boden. Es klang, als würde etwas Großes, Schweres mit langen Krallen unaufhaltsam auf die Mauer der Kolonie zukommen. Mit jedem Moment, in dem die Geräusche lauter wurden, stieg die Nervosität der Menschen. Die Angst war fast greifbar, wie ein dichter Nebel, der sich über die Kolonie legte.

Die Situation war kritisch. Nach dem letzten Angriff waren die Verteidigungsanlagen der Kolonie noch nicht vollständig repariert. Die Mauer wies immer noch Schäden auf, und einige der Maschinengewehre an den Mauern waren nicht einsatzbereit. Früher griffen SIE etwa zweimal im Jahr an, doch die Angriffe hatten in letzter Zeit zugenommen. Die Kolonie war schlecht vorbereitet, und die Bedrohung war real und unmittelbar. Die Lage war miserabel – sehr miserabel.

Ein Wachturm nach dem anderen eröffnete das Feuer, die Nacht erhellte im grellen Licht der Mündungsfeuer. Doch trotz des ohrenbetäubenden Lärms und der unaufhörlichen Salven schienen SIE unaufhaltsam. Auch Joker, mit einem entschlossenen Ausdruck im Gesicht, schloss sich dem Kampf an. Mit lautem Gebrüll schoss er in die heranstürmende Horde. Die ersten Kreaturen erreichten die Mauer und kratzten mit ihren langen, scharfen Krallen an der Oberfläche, während sie die Körper ihrer gefallenen Artgenossen als Trittbrett nutzten, um sich zu einem unheimlichen Berg zu stapeln.

Plötzlich änderte sich die monotone Stimme der Computeransage, die durch die Lautsprecher hallte: „Achtung, Achtung, Durchbruch in Sektor 4. Durchbruch in Sektor 4." die Worte schnitten wie ein Messer durch die ohnehin schon angespannte Atmosphäre und ließen einen Schauer der Verzweiflung durch die Verteidiger gehen.

Danny, der seinen Funkspruch weiter absetzte, spürte, wie seine Hoffnung auf Hilfe von außerhalb immer mehr schwand. Der Gedanke, dass dies seine letzte Nacht sein könnte, schlich sich unaufhaltsam in seinen Geist. Er ärgerte sich insgeheim darüber, dass er seine Schicht mit dem anderen Funker getauscht hatte. Sein Name wollte ihm in diesem Moment nicht einfallen. Eigentlich hätte Danny heute frei haben sollen, doch sein Kamerad war an diesem Tag Vater geworden und wollte bei seiner Frau sein. Aus Mitgefühl hatte Danny die Schicht übernommen, ohne zu ahnen, dass er sich damit in eine der gefährlichsten Nächte seines Lebens begeben würde.

Mit einem ohrenbetäubenden Krachen durchbrachen SIE die Barrieren, als ob die Mauern aus Papier bestünden. Ihre einzige Mission war klar und gnadenlos: zu töten, und das auf die grausamste Art und Weise, die man sich vorstellen konnte. Einer von ihnen, ein monströses Wesen, das an eine groteske Mischung aus einer riesigen Katze und einem haarlosen Bären erinnerte, bewegte sich mit erschreckender Geschwindigkeit. Seine Augen glühten vor unbändigem Hunger und unstillbarer Wut.

Plötzlich sprang es mit einem gewaltigen Satz auf eine junge Frau zu, die in der Panik der Menge gefangen war. Bevor sie auch nur einen Schrei ausstoßen konnte, vergrub das Biest seine messerscharfen Zähne in ihrem Nacken. Der Angriff war brutal und erbarmungslos. Mit einer unheimlichen Kraft riss es an ihrem Körper, und das Leben wich aus ihren Augen, während das Monster sie zerfleischte.

Das Blut der Frau spritzte in alle Richtungen, ein scharlachroter Regen, der die Umgebung in ein makabres Bild des Schreckens tauchte. Ihre Eingeweide quollen aus ihrem Körper und fielen schwer auf den Boden.

Immer mehr von ihnen strömten in die Kolonie und verschlangen alles auf ihrem Weg. Ihre Angriffe waren erbarmungslos, und sie kannten keine Gnade. Die Bodeneinheit, tapfer und entschlossen, kämpfte verzweifelt darum, SIE zurückzudrängen. Jeder gewonnene Moment war kostbar, um der verängstigten Bevölkerung die Flucht in die Schutzräume zu ermöglichen. Doch der Kampf glich dem aussichtslosen Versuch einer Ameise, sich gegen einen übermächtigen Schuh zu behaupten. Schon nach wenigen Minuten verwandelte sich Sektor vier in ein grausames Schlachtfeld. Überall lagen verstümmelte Leichen, stumme Zeugen der unbarmherzigen Gewalt, die über die Kolonie hereingebrochen war. Der Boden war getränkt von Blut, und der metallische Geruch des Todes hing schwer in der Luft. Doch SIE machten ohne zu zögern weiter, angetrieben von einem unstillbaren Drang nach Zerstörung, während die Verteidiger mit jedem Herzschlag um ihr Überleben kämpften.

Die monotone Computerstimme hallte erneut durch die Lautsprecher und verkündete mit unheilvoller Dringlichkeit: „Achtung, Angreifer in Sektor drei gesichtet.“ Kaum waren die Worte verklungen, änderte sich die

Durchsage erneut, diesmal mit noch größerer Dringlichkeit: „Achtung, Angreifer in Sektor eins, zwei, drei und vier gesichtet.“ Die Situation war erschütternd – vier von sechs Sektoren waren bereits in heftige Kämpfe verwickelt, und die Verteidiger kämpften verzweifelt um jeden Zentimeter Boden.

Plötzlich durchbrach eine männliche Stimme das Rauschen des Funkgeräts: „Die Vögel an Kolonie 852, wie ist die Lage?“ Danny konnte seinen Ohren kaum trauen. Hilfe von außen? Inmitten des Chaos und der Verzweiflung war dies ein unerwarteter Hoffnungsschimmer. Die Computerstimme wiederholte ihre Warnungen, doch Danny konzentrierte sich auf die Stimme aus dem Funkgerät. Hektisch, aber mit einer neu gefundenen Entschlossenheit, begann er, die Situation zu erklären. Seine Worte stolperten übereinander, während er versuchte, das Ausmaß der Bedrohung zu schildern. Trotz der Panik, die um ihn herumtobte, spürte er, wie eine kleine Welle der Hoffnung in ihm aufstieg. Vielleicht, nur vielleicht, war noch nicht alles verloren.

„Gut, verstanden. Wir schicken euch die Eule voraus. Wir sind in ungefähr einer Stunde da. Wir beeilen uns, Kleiner“, klang die beruhigende und autoritäre Stimme aus dem

Funkgerät. Doch kaum war die Verbindung unterbrochen, schwand der Hoffnungsschimmer, den Danny eben noch erfasst hatte. Eine Stunde – wie sollten sie so lange durchhalten? Die Angreifer waren unerbittlich, und jede Minute fühlte sich an wie eine Ewigkeit. Und was sollte das mit der Eule bedeuten? Der Name klang seltsam fehl am Platz inmitten des Chaos. War es ein Codename? Und selbst wenn, wie sollte ein einzelner Mann, oder was auch immer die „Eule" war, die Situation grundlegend ändern? Zweifel nagten an ihm, während er die unaufhörlichen Warnungen der Computerstimme hörte. Doch tief in seinem Inneren klammerte er sich an den Gedanken, dass jede Hilfe, so klein sie auch sein mochte, einen Unterschied machen könnte. Vielleicht war die Eule mehr, als sie zu sein schien – ein Ass im Ärmel, das sie dringend benötigten.

Danny griff nach dem schweren, verstaubten Kabeltelefon, das an der Wand hing, als wäre es ein Relikt aus einer längst vergangenen Zeit. Seine Hände zitterten leicht, nicht nur vor Anspannung, sondern auch wegen der Kälte, die durch die zerbrochenen Fenster in den Raum kroch. Er drückte den Hörer fest an sein Ohr und brüllte mit einer Stimme, die die Dringlichkeit der Situation widerspiegelte: „Unterstützung am Weg. Erwartetes Eintreffen in etwa einer Stunde. Wie lauten die Befehle?"

Auf der anderen Leitung war das Knistern statischer Entladungen zu hören, bevor die raue Stimme eines älteren Mannes durchdrang. Seine Worte waren von Verzweiflung und Frustration geprägt: „Wollen die uns verarschen? Das halten wir nie durch! Wir haben hohe Verluste. Zieht euch zurück, Jungs. Begebt euch in Schutzraum F. Der steht noch und da ist noch Platz!"

Danny spürte, wie sich ein Kloß in seinem Hals bildete. Die Worte des Mannes hallten in seinem Kopf wider, während er den Hörer langsam zurück auf die Gabel legte. Raum und Zeit um ihn herum schienen für einen Moment still zu stehen, als ob die Welt den Atem anhielt. Er wusste, dass die Entscheidung, die er jetzt treffen würde, über Leben und Tod entscheiden könnte.

Er drehte sich zu seinem Kameraden um. Sein Gesicht gezeichnet von Erschöpfung und Angst. „Jocker, abrücken! Schutzraum F!", rief er mit fester Stimme, die keine Widerrede duldete.

Plötzlich durchbrach das unheilvolle Geräusch von Flügelschlägen die angespannten Kampfgeräusche, die über dem Gelände lagen. Es war ein tiefes, rhythmisches Schlagen, das die Luft erzittern ließ und Danny und Joker noch mehr in Alarmbereitschaft versetzte. Ihre Blicke wanderten suchend umher, bis sie schließlich vor ihnen eine bedrohliche Gestalt erblickten.

Dort thronte eines der Wesen. Es war ein Anblick, der selbst den Mutigsten das Blut in den Adern gefrieren ließ. Das Geschöpf ähnelte einem kahlen Löwen, doch es stand auf zwei kräftigen Beinen, die mit scharfen Krallen bewaffnet waren. Seine mächtigen Flügel, die es gerade noch durch die Luft getragen hatten, falteten sich langsam an seinen Seiten zusammen. Die leuchtend roten Augen des Wesens glühten in der Dämmerung wie zwei brennende Kohlen und fixierten Danny und Joker mit einer Intensität, die ihnen das Gefühl gab, als könnten sie direkt in ihre Seelen blicken.

Mit einem langsamen, bedrohlichen Knurren öffnete das Monster sein Maul, das mit messerscharfen Zähnen gespickt war. Speichel tropfe in dicken Fäden von ihnen herab, während es ein tiefes, grollendes Brüllen ausstieß, das die Luft zum Vibrieren brachte. Es war ein Klang, der sowohl Warnung als auch Herausforderung in sich trug.

Das Wesen senkte seinen massigen Kopf und spannte die Muskeln in seinen kräftigen Hinterbeinen an, bereit, jeden Moment zum Angriff überzugehen. Danny und Joker standen wie erstarrt, während sie die drohende Gefahr erfassten. Sie wussten, dass sie sich in einem tödlichen Spiel befanden, in dem ein einziger falscher Schritt ihr Ende bedeuten konnte.
In jenem Augenblick, als die Welt um Danny herum plötzlich erstarrte, schien die Zeit selbst den Atem anzuhalten. Die Geräusche des Kampfes, das Rauschen des Windes und sogar das Schlagen seines eigenen Herzens wurden von einer seltsamen, allumfassenden Stille verschluckt. In dieser unheimlichen Ruhe begannen seine Gedanken, wie von einer unsichtbaren Hand geleitet, in die Tiefen seiner Erinnerungen zu wandern.

Vor seinem inneren Auge tauchten Bilder seiner Eltern auf, deren Gesichter er nur noch aus verblassenden Fotografien kannte. Sie waren viel zu früh aus seinem Leben gerissen worden, als er noch ein Kind war. Er erinnerte sich an die Wärme ihrer Umarmungen, an das Lachen seiner Mutter und die beruhigende Stimme seines Vaters, der ihm Geschichten erzählte, wenn er nicht schlafen konnte. Diese Erinnerungen waren wie ein kostbarer Schatz, den er tief in seinem Herzen bewahrte.

Dann drifteten seine Gedanken zu seiner ersten Liebe, einem bittersüßen Kapitel seines Lebens. Er sah ihr Lächeln, hörte ihr Lachen und spürte die Freude, die sie ihm einst gebracht hatte. Doch ebenso spürte er den Schmerz, als ihre Wege sich unausweichlich trennten. Es war eine Lektion in Verlust und Loslassen, die ihn geprägt hatte.

„Das war's jetzt wohl“, dachte Danny mit einer seltsamen Mischung aus Resignation und Frieden. Er akzeptierte, dass dies sein letzter Moment sein könnte. Mit einem tiefen Atemzug schloss er die Augen, bereit, seinem Schicksal entgegenzutreten, was auch immer es für ihn bereithalten mochte. In dieser Dunkelheit fand er eine unerwartete Ruhe, als ob die Geister seiner Vergangenheit ihm beistanden und ihm die Kraft gaben, das Unvermeidliche zu akzeptieren.

Kapitel 3

Anna stand wie versteinert da, ihre Augen weit aufgerissen vor Entsetzen. Sie hatte gewusst, dass jene Nacht schrecklich gewesen war, aber das volle Ausmaß der Grausamkeit hatte sie nicht erahnen können. Kälte kroch ihr unaufhaltsam den Rücken hinauf.

Der alte Mann, der ihr gegenübersaß, bemerkte den Schrecken, der sich in ihren Zügen widerspiegelte. Mit einer sanften, fast väterlichen Stimme fragte er: „Habe ich es zu gut erzählt?“

Anna schüttelte langsam den Kopf, obwohl sie sich innerlich nicht sicher war. Die Geschichte, die er ihr erzählt hatte, war voller Grauen, das sie kaum begreifen konnte. Doch sie wollte nicht unhöflich erscheinen oder ihre eigene Unsicherheit preisgeben.

„Weißt du, meine Liebe“, begann der alte Mann erneut, seine Stimme war nun leiser, fast verschwörerisch. „Euch jungen Leuten erzählt man heutzutage nur noch von diesen Dingen, als wären sie Märchen oder Legenden. Aber ich sage dir..." Er hielt inne, seine Augen verloren sich für einen Moment in der Ferne, als ob er in die Tiefen seiner Erinnerungen eintauchte. Die Stille dehnte sich aus, nur unterbrochen vom leisen Surren der Glühbirnen, die den Raum in ein kaltes, flackerndes Licht tauchten. Von draußen konnte man leise immer noch die feiernden Menschen hören.

Nach einer kurzen Pause, in der er seine Worte sorgfältig wählte, fuhr er fort: „Als ich eines dieser Dinger zum ersten Mal sah, wollte ich es im gleichen Moment wieder vergessen." Seine Stimme zitterte leicht, als ob die Erinnerung an jenes Erlebnis noch immer an ihm nagte. „Es war, als hätte ich in einen Abgrund geblickt, der nicht nur die Nacht, sondern auch meine Seele verschlingen wollte."

Anna spürte, wie sich eine Gänsehaut auf ihren Armen ausbreitete. Die Intensität seiner Worte ließ sie frösteln, und sie fragte sich, welche Schrecken der alte Mann tatsächlich noch erlebt hatte. In diesem Moment wurde ihr klar, dass die Geschichten, die er immer erzählte, mehr als nur Erzählungen waren –

sie waren ein Teil seiner Vergangenheit, ein Teil von ihm.

Der alte Mann blickte Anna mit einem freundlichen Lächeln an und fragte mit sanfter Stimme: „Möchtest du vielleicht etwas zu trinken?“ Anna, die sich über diese Geste freute, nickte zustimmend, „Ja, bitte“.

Langsam erhob sich der alte Mann aus seinem gemütlichen Sessel, seine Bewegungen waren bedächtig und von einer gewissen Würde geprägt. Er ging zur Spüle die in der Ecke der kleinen, aber zweckdienlichen Küche stand. Mit zittrigen Händen öffnete er das hölzerne Schränkchen, dessen Türen leise knarrten, und holte ein schlichtes, aber elegantes Glas hervor.

Er füllte es mit frischem Wasser, das mit einem leisen Plätschern aus dem Hahn floss. Während er das Glas füllte, bemerkte er, dass ein paar Tropfen über den Rand schwappten und die Außenseite benetzten. Mit einem leichten Seufzen und einem amüsierten Lächeln auf den Lippen drehte er sich zu Anna um und reichte ihr das Glas.

„Entschuldige bitte, dass das Glas außen

nass ist“, sagte er, während er ihr das Glas überreichte. „Aber weißt du, wenn man alt ist und die Hände zittern, kann das schon mal passieren.“ Seine Augen funkelten schelmisch, und ein warmes, herzhaftes Lachen begleitete seine Worte.

Anna nahm das Glas dankend an und konnte sich ein Lächeln nicht verkneifen. Die Wärme und Freundlichkeit des alten Mannes ließen die düsteren Gedanken an die gerade erzählte Geschichte für einen Moment verblassen und das beruhigte sie ungemein.

Für Anna war es ein tiefes Rätsel, wie ein Mann, der so viel Grausamkeit und Dunkelheit in seinem Leben erfahren hatte, dennoch eine solche Wärme und Fürsorglichkeit ausstrahlen konnte. Es schien, als ob die schweren Schatten seiner Vergangenheit ihn nicht verbittert, sondern vielmehr sein Herz für die kleinen Gesten der Freundlichkeit geöffnet hatten. Seine liebevolle Art, die sich in jedem Lächeln und jeder sanften Geste zeigte, war für Anna ein lebendiges Zeugnis der Stärke und des Mitgefühls, die in ihm wohnten.

Sie fragte sich, ob es gerade diese Erlebnisse waren, die ihm die Fähigkeit verliehen hatten, das Licht in den dunkelsten

Momenten zu sehen und es mit Anderen zu teilen.

Während Anna einen Schluck aus ihrem Glas nahm, ließ sie ihren Blick neugierig durch die bescheidene Wohneinheit des alten Mannes schweifen. Die Wände waren geschmückt mit einer Vielzahl von Fotografien, deren Farben im Laufe der Jahre verblasst waren, als hätten sie die Last der Erinnerungen des alten Mannes mitgetragen. Auf einigen dieser Bilder erkannte Anna immer wieder dieselben Gesichter, eingefangen in verschiedenen Lebensphasen, als ob die Zeit selbst in diesen Momenten stillgestanden hätte.

Ein Bild zog Annas Aufmerksamkeit besonders auf sich. Es zeigte eine Frau, deren Erscheinung sowohl geheimnisvoll als auch faszinierend war. Sie trug eine Brille, die an eine Taucherbrille erinnerte, mit dunklen Gläsern, die ihre Augen verbargen und ihr einen Hauch von Rätselhaftigkeit verliehen. Auf ihrem Kopf saß ein kunstvoll gewickelter Turban, der ihre Haare vollständig verbarg und ihr Antlitz umrahmte. Ihr langer Mantel, der an militärische Kleidung erinnerte, wirkte zweckmäßig und robust, als wäre er für eine andere Zeit und einen anderen Ort gemacht. Die Kleidung bedeckte sie fast vollständig, sodass nur wenige Teile ihres Gesichts sichtbar waren. Diese Frau schien eine Geschichte zu erzählen, die in den Tiefen der Vergangenheit verborgen lag, und Anna konnte nicht umhin, sich zu fragen, welche Rolle sie im Leben des alten Mannes gespielt hatte.

„Ist sie das?“ fragte Anna leise, während sie das verblasste Foto betrachtete. Der alte Mann nickte langsam, ein sanftes Lächeln umspielte seine Lippen. „Ja,“ antwortete er mit einer Stimme, die von Erinnerungen durchdrungen war. „Dieses Foto wurde nur wenige Stunden nach dem Moment aufgenommen, als ich sie zum ersten Mal traf.“ Anna betrachtete das Bild erneut, versuchte die Frau darauf mit der Person in den Erzählungen, die sie kannte in Einklang zu bringen. „So hätte ich sie nie erkannt,“ gestand sie, ihre Stimme voller Verwunderung. Der alte Mann grinste, ein Ausdruck von Nostalgie und leiser Melancholie in seinen Augen. „Im Laufe der Zeit,“ begann er, „hat sich ihr Bild in den Köpfen der Menschen verändert. Die Erinnerungen verblassen, und die Fantasie beginnt, die Lücken zu füllen, schmückt sie aus, bis sie kaum noch wiederzuerkennen ist. Selbst wenn ich heutige Abbildungen von ihr sehe, erkenne ich sie fast nicht mehr.“ Seine Worte hingen in der Luft, ein Echo der Vergänglichkeit, das Anna nachdenklich stimmte.

Der alte Mann deutete mit einem leisen Seufzen auf ein weiteres Bild, das an der Wand hing. Darauf war erneut die geheimnisvolle Frau zu sehen, die lässig an einem robusten Jeep lehnte. Ihr Gesichtsausdruck war entschlossen, und ihre Haltung strahlte eine unerschütterliche Stärke aus. Neben ihr standen Männer in einem Alter zwischen 20 und 50 Jahren. Sie alle trugen Kampfkleidung, die von den Strapazen und Abenteuern zeugte, die sie gemeinsam erlebt hatten. In einem Moment des Triumphes hielten sie ihre Waffen freudig in die Höhe, als hätten sie gerade die Welt erobert. Ihre Gesichter waren von einem Lächeln erhellt, das von Kameradschaft und dem Stolz auf das Erreichte sprach. Das Bild erzählte von einer Zeit des Kampfes und der Hoffnung, eingefroren in einem Augenblick, der die Unvergänglichkeit ihrer gemeinsamen Erlebnisse bewahrte.

„Weißt du eigentlich, wer die sind?“ fragte der alte Mann mit einem Hauch von Geheimnis in seiner Stimme, während er Anna ansah. Sie erwiderte seinen Blick mit fragenden Augen, die auf eine Antwort warteten.

„Das sind die Vögel,“ erklärte er schließlich, seine Stimme wurde weicher, als er in die Erinnerungen eintauchte.

„Der ganze Schwarm – so nannten sie sich selbst.“ Er machte eine kurze Pause, als ob er die Bedeutung seiner Worte wirken lassen wollte.

„Die Truppe war rau und ungestüm, aber einen größeren Zusammenhalt als bei ihnen fand man nirgendwo sonst. Jeder Einzelne von ihnen wäre bereit gewesen, für den Anderen zu sterben, für die Mission zu sterben.“

Der alte Mann hielt inne, seine Augen verloren sich in der Vergangenheit, bevor er mit einem leichten, sarkastischen Unterton hinzufügte: „Vielleicht lebt deswegen keiner mehr von ihnen.“

„Aber mein Kind, da sind wir schon viel zu weit abgeschweift,“ sagte der alte Mann mit einem sanften Lächeln, das sowohl Entschuldigung als auch Zuneigung ausdrückte. „Ich verliere mich manchmal in den Erinnerungen, die wie ein unendliches Meer sind.“ Er machte eine einladende Geste in Richtung der Sitzecke. „Komm, setzen wir uns wieder, und ich erzähle dir weiter, was damals wirklich geschah. Wenn du das möchtest.“ Seine Stimme war warm und einladend, voller Geschichten, die darauf warteten, geteilt zu werden. Anna stellte ihr leeres Wasserglas behutsam in die Spüle, das leise Klirren des Glases hallte kurz in der Stille des Raumes wider. Sie kehrte zu ihrem Platz vor dem Sessel des alten Mannes zurück, bereit, in die Erzählungen einzutauchen, die die Zeit überdauert hatten. Der Raum schien sich mit einer stillen Erwartung zu füllen, als ob die Wände selbst den Geschichten lauschen wollten, die der alte Mann zu erzählen hatte.

Kapitel 4

Joker schrie auf. Seine Stimme war ein durchdringender Laut der Angst, als er das mächtige Unwesen vor ihnen sah. Inmitten des Chaos hörte Danny nur das unheilvolle Geräusch eines scharfen Gegenstandes, der durch Fleisch schnitt – ein Klang, der ihm durch Mark und Bein ging. Plötzlich spürte er, wie etwas Warmes, Dickflüssiges sein Gesicht traf, und ihn weiter erstarren ließ. Verwunderung ergriff ihn, als er realisierte, dass er keinen Schmerz fühlte. Gedanken rasten durch seinen Kopf: Würde der Schmerz noch kommen? Oder war dies das Ende? Bin ich schon tot? fragte er sich, während die Welt um ihn herum in einem surrealen Strudel aus Geräuschen und Empfindungen verschwamm.

Ungläubig darüber, dass er noch am Leben war, öffnete Danny vorsichtig die Augen. Vor ihm verharrte die Bestie, als wäre sie in der Zeit eingefroren. Ihr löwenähnliches Maul war zu einer grotesken Grimasse verzerrt, aus der unaufhörlich Blut strömte. Die mächtigen

Flügel der Kreatur waren verkrampft in die Höhe gestreckt, als ob sie in einem letzten, verzweifelten Versuch erstarrt wären, sich in die Lüfte zu erheben. Erst jetzt fiel Dannys Blick auf die lange Klinge, die von oben nach unten durch den Kopf der Bestie gestoßen war. Das Schwert, katanaähnlich in seiner Eleganz, war ein Meisterwerk der Schmiedekunst. Es war leicht und handlich, mit einer langen, scharfen Klinge, die im schwachen Licht bedrohlich funkelte. Blut tropfte in einem stetigen Rhythmus von der Klingenspitze, ein leises, aber eindringliches Geräusch. Die Waffe schien fast lebendig, als ob sie selbst ein Teil des dramatischen Kampfes gewesen wäre, der sich gerade abgespielt hatte.

Erst als die Bestie mit einem dumpfen Aufprall zu Boden fiel, offenbarte sich eine geheimnisvolle Gestalt, die auf dessen massigen Körper hockte. Der Blick der Gestalt war nach unten gerichtet, verborgen unter einem langen, ausladenden Kapuzenmantel, der sie in ein geheimnisvolles Dunkel hüllte. Die Kapuze hing so tief ins Gesicht, dass weder Haare noch Gesichtszüge zu erkennen waren, was der Szene eine unheimliche Aura verlieh. Schwer atmend, umklammerte sie mit beiden

Händen das Schwert, das sie mit einem entschlossenen Ruck in den Kopf der Bestie getrieben hatte.

Ohne einen Moment zu zögern, zog sie die Klinge mit einem fließenden, geübten Ruck aus dem Schädel der Kreatur. Das Schwert glitt heraus, als ob es ein Teil von ihr wäre. In einer einzigen, geschmeidigen Bewegung stieg sie von der massiven Kreatur herab, wischte die blutige Klinge mit einer schnellen Bewegung an der Schulter der Bestie ab und sprang von der Mauer direkt ins Kampfgetümmel, als wäre sie ein Schatten, der mit der Dunkelheit verschmilzt. Ihre Ankunft und ihr Verschwinden waren so schnell und präzise, dass es fast schien, als wäre sie nie da gewesen. Nur die niedergestreckte Kreatur bezeugte ihre Anwesenheit.

„Verfickte Scheiße! Hast du das gesehen?“ schrie Joker. Seine Stimme überschlug sich vor Aufregung und Unglauben, während er an Danny rüttelte, um ihn aus seiner Starre zu reißen. Die Intensität des Moments schien die Luft, um sie herum zu elektrisieren, und Jokers Augen waren weit aufgerissen und voller Adrenalin. „Komm, wir müssen weiter!“ Seine Stimme war nun eindringlich und ernst. „Nochmal haben wir nicht so viel

Glück." Die Worte hingen schwer in der Luft, die die Bedrohlichkeit ihrer Situation unterstrich. Ohne weitere Zeit zu verlieren, machten sie sich bereit, weiter zum Schutzraum F zu laufen.

Schnell glitten sie die Leiter hinunter, ihre Bewegungen gehetzt. Die Sprossen der Leiter waren klebrig, überzogen mit einer Mischung aus frischem und altem Blut, das während des Angriffs auf sie gespritzt war. Unten angekommen, ihre Hände voller Blut, war die Szenerie gespenstisch still. Zivilisten waren keine mehr zu sehen, so als ob die Kolonie um sie herum plötzlich entvölkert worden wäre. Tatsächlich schien es, als wären nur Danny und Joker am unteren Ende der Mauer und in der Umgebung übriggeblieben. Überall um sie herum lagen die Leichen verschiedener Bestien, die meisten von ihnen geköpft, als stumme Zeugen des erbitterten Kampfes, der hier stattgefunden hatte. Der Anblick war sowohl erschreckend als auch befreiend, ein Beweis für die ungewisse Ruhe, die nun folgte.

„Komm, weiter," sagte Danny mit leiser Dringlichkeit in der Stimme. „Nutzen wir die Gelegenheit, um schnell und unbemerkt in den Schutzraum zu kommen." Joker nickte zustimmend, sein Gewehr fest im Anschlag, bereit für jede mögliche Gefahr. Geduckt und mit wachsamen Augen bewegten sie sich die Straßen entlang, stets auf der Hut vor weiteren Bedrohungen.

Sie entschieden sich für eine Abkürzung, die sie an Schutzraum C vorbeiführte. Doch als sie dort ankamen, bot sich ihnen ein Bild des Grauens. Der Schutzraum war komplett zerstört, ein Trümmerfeld aus Beton und Stahl. Inmitten der Ruinen lagen zahlreiche verstümmelte Leichen, Jung und Alt, die Augen und Münder weit aufgerissen in einem Ausdruck ewiger Angst. Blut und Gedärme waren überall verstreut, ein grausames Zeugnis des unerbittlichen Angriffs, dem sie ausgesetzt gewesen waren. Es war offensichtlich, dass sie keine Chance gehabt hatten, der Zerstörung zu entkommen.

Der Anblick war erschütternd, und für einen Moment hielten Danny und Joker inne, um die Tragödie zu verarbeiten. Doch sie wussten, dass sie keine Zeit zu verlieren hatten und setzten ihren Weg fort. Die bedrückende Szenerie als Mahnung im Hinterkopf, dass sie weiterkämpfen mussten, um zu überleben.

Die Straßen, an denen sie entlanggingen, waren gespenstisch leer, nur übersät mit den stummen Zeugen des jüngsten Chaos –

Leichen von Menschen und Bestien gleichermaßen. Der Anblick war bedrückend. Nach einer gefühlten Ewigkeit, in der jeder Schritt schwerer zu werden schien, erreichten sie endlich Schutzraum F. Eine Welle der Erleichterung überkam sie, als sie sahen, dass dieser Schutzraum noch intakt war.

Mit vereinten Kräften drehten sie an einem großen, schweren Rad, das die Tür zum Schutzraum öffnete. Die Tür ähnelte einem Schiffsschott, massiv und stabil, als wäre sie dazu gemacht, den schlimmsten Stürmen zu trotzen. Als die Tür sich langsam öffnete, knarrte das Metall leise, und stickige Luft strömte ihnen entgegen. In diesem Moment fühlten sie sich, als hätten sie einen sicheren Hafen erreicht, einen Ort, an dem sie zumindest für einen Augenblick durchatmen konnten.

Schnell schlossen sie die Tür des Schutzraumes hinter sich, das metallische Echo hallte leise im Raum wider. Der Schutzraum war kalt, und die Atmosphäre war von einer bedrückenden Stille durchzogen, nur unterbrochen von dem leisen Stöhnen der Verwundeten, die in den Stockbetten lagen oder saßen. Die Betten waren spärlich besetzt mit Überlebenden, die erschöpft und von den jüngsten Ereignissen gezeichnet waren.

In einer Ecke des Raumes stand ein älterer Mann, militärisch gekleidet und offensichtlich von höherem Rang. Sein Gesicht war von Nachdenklichkeit geprägt, während er sich über einen Tisch beugte, auf dem Karten und Dokumente ausgebreitet waren. Eine Zigarette hing lässig in seinem Mundwinkel, der Rauch kringelte sich langsam zur Decke empor. Sein Blick war konzentriert, als ob er versuchte, einen Plan zu schmieden oder die nächsten Schritte zu überdenken.

Die Ankunft von Danny und Joker schien ihm nicht zu entgehen, doch er ließ sich nichts anmerken, während er weiter in seine Überlegungen vertieft blieb. Der Raum bot einen Moment der Sicherheit, doch die Anspannung war spürbar, als alle darauf warteten, was als Nächstes geschehen würde.

„Also, ihr habt es hergeschafft," sagte er, während er die Zigarette in den Aschenbecher legte, ohne seinen Blick von den Unterlagen zu heben. Seine Stimme war ruhig, aber bestimmt, und es lag eine gewisse Erleichterung darin, dass es noch mehr Überlebende geschafft hatten, den Schutzraum zu erreichen. Der Raum war erfüllt von einer angespannten Stille, während Danny und Joker sich einen Moment nahmen, um durchzuatmen und die Umgebung in sich aufzunehmen. Der ältere Mann schien in Gedanken versunken, doch seine Präsenz strahlte Autorität und Entschlossenheit aus. Es war klar, dass er derjenige war, der hier das Sagen hatte, und dass er bereits Pläne schmiedete, um die nächsten Schritte zu koordinieren. Trotz der bedrückenden Situation war es beruhigend zu wissen, dass jemand mit Erfahrung und Führungskraft die Lage im Griff hatte.

„Jungs, ich muss euch sagen: Egal wie, wir müssen ausharren und hoffen, dass sie es nicht hier hereinschaffen," sagte der ältere Mann mit ernster Miene. „Gibt es etwas Außergewöhnliches zu berichten?"

Danny und Joker tauschten einen kurzen, vielsagenden Blick aus. Wie sollten sie das, was sie erlebt hatten, in Worte fassen? Schließlich nahm Danny all seinen Mut zusammen und begann zu erzählen.

„Da war diese Gestalt," begann er, seine Stimme leise, aber eindringlich. „Sie hat vor uns eine Bestie erlegt, als wäre es nichts. Es war... surreal. Und die Straßen... sie waren übersät mit Leichen, Menschen und Bestien gleichermaßen. Es war ein Bild des Grauens."

Er hielt kurz inne, um die richtigen Worte zu finden, während die Erinnerungen an die schrecklichen Szenen vor seinem inneren Auge vorbeizogen. „Und Schutzraum C.... er ist komplett zerstört. Wir haben dort keine Überlebenden gesehen, nur..." Er brach ab, unfähig, die grausamen Details erneut auszusprechen.

Der ältere Mann hörte aufmerksam zu, sein Gesichtsausdruck blieb ernst, aber es war klar, dass er die Informationen sorgfältig abwog. „Das ist in der Tat außergewöhnlich," sagte er schließlich, seine Stimme nachdenklich. „Wir müssen wachsam bleiben und uns auf das Schlimmste vorbereiten. Aber vielleicht... vielleicht gibt es Hoffnung."

Die Worte hingen schwer im Raum, während alle die Bedeutung dessen, was Danny berichtet hatte, verarbeiteten. Es war ein Funken Hoffnung inmitten der Dunkelheit.

„Jetzt ruht euch aus," sagte der Mann mit einem Hauch von Mitgefühl in seiner Stimme. „Danke, Sir Edmund," antworteten Danny und Joker fast gleichzeitig und nickten respektvoll. Sir Edmund war bekannt für seine Weisheit und Führungsstärke, und seine Anwesenheit gab den beiden ein Gefühl von Sicherheit. Sie suchten sich eine ruhige Ecke im Schutzraum, wo sie sich niederließen und leise über das sprachen, was sie erlebt hatten. Die Erlebnisse des Tages waren schwer zu verarbeiten, und sie tauschten ihre Gedanken und Gefühle aus, während sie versuchten, einen klaren Kopf zu bewahren. Die Zeit verging, und allmählich wurde das Mündungsfeuer, das man von draußen hören konnte, immer leiser und seltener. In der Stille des Schutzraumes fanden sie zumindest für einen Moment etwas Ruhe und die Möglichkeit, ihre Kräfte zu sammeln.

Danny und Joker versuchten etwas Schlaf zu finden. Die Erschöpfung des Tages holte sie schnell ein, und Danny merkte nicht einmal, wie er unmittelbar in einen tiefen Schlaf fiel. Plötzlich spürte er eine sanfte Hand auf seiner Schulter, die ihn weckte. Erschrocken fuhr er hoch und blickte in das Gesicht von Sir Edmund.

„Junge, die Sonne ist da," sagte Sir Edmund mit einer fast väterlichen Wärme in seiner Stimme. „Es ist vorbei. Wir können die Schutzräume wieder verlassen."
Die Worte klangen wie Musik in Dannys Ohren, und ein Gefühl der Erleichterung durchströmte ihn. Die Dunkelheit und die

Schrecken der Nacht wichen dem Licht des neuen Tages. Danny nickte dankbar und weckte Joker. Gemeinsam mit den anderen Überlebenden machten sie sich bereit, den Schutzraum zu verlassen.

Die Tür des Schutzraumes öffnete sich mit einem leisen Knarren, und sofort strömten frische Luft und grelles Sonnenlicht in den Raum. Die Überlebenden, die gehen konnten, begannen nach ihren Liebsten und ihrem Hab und Gut zu suchen. Es war ein bittersüßer Moment, geprägt von der Erleichterung, die Nacht überstanden zu haben, und der Angst vor dem, was sie draußen erwarten würde. Danny und Joker blieben in der Nähe von Sir Edmund, bereit, seine nächsten Anweisungen entgegenzunehmen. Im Tageslicht wurde das volle Ausmaß der Zerstörung sichtbar. Die Kolonie war gezeichnet von den Spuren der letzten Nacht, und der Geruch von Blut und Tod hing schwer in der Luft. Überall lagen Trümmer und Überreste, die von den Kämpfen zeugten, die hier stattgefunden hatten. Langsam begannen Fliegen und anderes Ungeziefer, sich in der verwüsteten Umgebung zu sammeln, was die Szenerie noch trostloser erscheinen ließ. Sir Edmund stand schweigend da, sein Blick wanderte über das Chaos, während er die nächsten Schritte abwog.

Am Hauptplatz, neben einem alten Jeep, stand ein Trupp von sechs Personen, die lässig ihre Zigarren rauchten und sich gegenseitig für ihre Taten feierten. Sie wetteiferten darum, wer die meisten Bestien erledigt hatte, und die Stimmung war ausgelassen und voller Adrenalin. Unter ihnen befand sich auch die geheimnisvolle Gestalt, die Danny und Joker zuvor gesehen hatten. Sie zog ruhig an ihrer Zigarre und hielt sich aus dem prahlerischen Gehabe der Anderen heraus. Einer der Männer, offensichtlich in bester Laune, klopfte ihr auf die Schulter und rief lachend: „Egal, was ihr Küken alles meint, gemacht zu haben, niemand ist so gut, schnell und präzise wie unsere Schneeeule hier." Die Anderen stimmten in das Lachen ein, und es war klar, dass sie großen Respekt innerhalb der Gruppe genoss. Trotz der lockeren Atmosphäre war die Anerkennung für ihre Fähigkeiten echt, und es war offensichtlich, dass sie eine entscheidende Rolle in den Ereignissen der letzten Nacht gespielt hatte. Die geheimnisvolle Gestalt, die nun einen Namen hatte, nickte nur leicht und ließ die Worte unkommentiert, während sie weiter an ihrer Zigarre zog.

Sir Edward, gefolgt von Danny und Joker, ging entschlossen auf die Truppe zu. Der älteste Mann der Gruppe, der wie ein alter Biker aussah, mit einem korpulenten Körperbau und einem Bart, der bereits mehr grau als dunkel war, bemerkte sie und trat ihnen ein Stück entgegen.

„Sie sehen aus, als hätten Sie hier etwas zu sagen," meinte er mit einem leicht amüsierten Unterton zu Sir Edward.

Sir Edward nickte ernst. „In der Tat," antwortete er. „Ich möchte wissen, wer Sie sind, was Sie hier tun und was das für eine Truppe ist." Seine Stimme war fest, aber respektvoll, denn er wusste, dass diese Gruppe eine wichtige Rolle in den Ereignissen der letzten Nacht gespielt hatte.

Der Mann lächelte leicht und zog an seiner Zigarre, bevor er antwortete. „Mein Name ist Jack. Ich bin der Adler," sagte er schließlich. „Wir sind so eine Art Söldnertruppe, spezialisiert auf die Jagd und Beseitigung von IHNEN. Wir haben von den Problemen hier gehört und dachten, wir könnten helfen." Er deutete auf die anderen Mitglieder seiner Gruppe, die nun ebenfalls aufmerksam zuhörten. „Das hier sind meine Leute, und wir nennen uns die Vögel. Wir sind hier, um sicherzustellen, dass solche Nächte nicht zur Regel werden."

Sir Edward musterte Jack und seine Truppe, während er die Informationen verarbeitete. Es war beruhigend zu wissen, dass es Menschen gab, die bereit waren, sich der Bedrohung zu stellen, aber er wusste auch, dass er mehr über ihre Absichten erfahren musste, um sicherzustellen, dass die Kolonie in guten Händen war.

Jack sah Sir Edmund mit einem eindringlichen Blick an.

„Ich möchte nicht respektlos erscheinen," begann er, „aber ich muss darauf bestehen, dass wir uns unter vier Augen unterhalten." Mit diesen Worten griff Jack in seine Jackentasche und zog einen Ausweis hervor. Obwohl Joker und Danny den Ausweis nicht sehen konnten, war Sir Edmunds Reaktion eindeutig: Der Ausweis hatte eine bedeutende Wirkung auf ihn. Sir Edmund nickte zustimmend und bat Jack, ihm zu folgen.

Bevor er ging, wandte sich Sir Edmund an Danny und Joker. „In der Zwischenzeit," sagte er, „findet heraus, wer noch am Leben ist und wer nicht. Wir müssen wissen, mit wem wir noch rechnen können." Danny und

Joker nickten und machten sich sofort an die Arbeit. Sie wussten, dass es eine schwierige Aufgabe war, aber es war entscheidend, um die Kolonie wieder aufzubauen und die Gemeinschaft zu stärken. Während sie sich auf den Weg machten, um die Überlebenden zu zählen, blieb die Frage, was Jack und Sir Edmund zu besprechen hatten, in ihren Gedanken hängen.

Edmund führte Jack in Richtung seines Büros, in der Hoffnung, dass es die Ereignisse der letzten Nacht zumindest halbwegs unbeschadet überstanden hatte. Die Gänge waren von Trümmern übersät, und der Geruch von Rauch und Zerstörung hing in der Luft. Als sie das Büro erreichten, stellte Edmund erleichtert fest, dass es noch intakt war, wenn auch etwas unordentlich. Er öffnete die Tür und deutete Jack, einzutreten. Drinnen herrschte eine angespannte Stille, während Edmund die Tür hinter ihnen schloss und sich darauf vorbereitete, das Gespräch zu führen, das offensichtlich von großer Bedeutung war.

Unterdessen machten sich Danny und Joker auf den Weg zu den anderen Schutzräumen. Ihre Aufgabe war klar, aber nicht weniger bedrückend: Sie mussten herausfinden, wer die Nacht überlebt hatte. Mit jedem Schutzraum, den sie erreichten, hofften sie auf gute Nachrichten, doch die Realität war oft ernüchternd. Sie trafen auf mehr Leichen als auf erschöpfte und verängstigte Überlebende, die sich langsam aus ihren Verstecken wagten, und versuchten, so viele Informationen wie möglich zu sammeln.

Kapitel 5

Der alte Mann sprach mit schwerer Stimme: „Nur dreißig, nur dreißig Prozent unserer Kolonie haben diese Nacht überlebt.“ Seine Worte hingen in der Luft, während er den Kopf betroffen senkte. „Nur vier von zwölf Schutzräumen waren noch intakt und nicht alle maximal befüllt.“ Die Realität der Verluste war niederschmetternd, und die Trauer war in seinen Augen deutlich zu sehen.

Anna konnte kaum glauben, was sie hörte. Die Grausamkeit der Angreifer war unvorstellbar. „Und SIE machten keinen Unterschied zwischen Männern, Frauen und Kindern,“ fügte er hinzu, seine Stimme voller Schmerz und Unglauben. „Ich habe an diesem Tag mehr Leichen gesehen und verbrannt, als ich überhaupt zählen konnte.“

Die Worte hallten in der Stille wider. Selbst die Feierlichkeiten waren inzwischen beendet und alle schienen wieder in ihre

Wohneinheiten zurückgekehrt zu sein. Nur vereinzelte Betrunkene konnte man auf den Straßen noch hören.

Der alte Mann schaute Anna mit einem sanften Lächeln an und sagte: „Es ist spät, Anna. Du solltest jetzt lieber langsam nach Hause gehen. Ich bin alt und müde." Anna bedankte sich herzlich bei ihm für die Zeit und die Geschichten, die er mit ihr geteilt hatte. Beide erhoben sich von ihren Sesseln und gingen gemeinsam zur Tür. Bevor Anna die Tür durchschritt, drehte sie sich noch einmal zu ihm um und fragte: „Darf ich wiederkommen, damit Sie mir mehr erzählen können?" Er nickte zustimmend und erwiderte: „Jederzeit, Anna. Ich freue mich darauf." Mit einem letzten Lächeln verabschiedeten sie sich, und Anna machte sich auf den Heimweg, während der alte Mann die Tür hinter ihr schloss und in Gedanken versunken zurückblieb.

Er sprach leise zu sich selbst: „So, alter Mann, es wird Zeit. Jünger wird dieser Tag und auch du selbst nicht." Ein kleines Kichern entfuhr ihm, als er über seine eigenen Worte nachdachte. Der alte Mann ging langsam zu einem kleinen Tisch in der Ecke des Raumes, auf dem ein altes Foto in einem silbernen Rahmen stand. Es zeigte eine jüngere Version von ihm, umgeben von einer Gruppe fröhlicher Menschen. Er strich sanft über das Glas, als ob er die Erinnerungen an vergangene Zeiten wieder zum Leben erwecken könnte. „Wir haben so viel durchgemacht“, murmelte er leise, während seine Gedanken zu den verlorenen Freunden und deren Familien wanderten, die auf dem Bild zu sehen waren.

Mit einem Seufzen zog er seinen Anzug aus und legte ihn sorgfältig, so faltenfrei wie möglich, über einen Sessel. Dann schlüpfte er in seinen bequemen Pyjama und legte sich in sein Bett. Die Anstrengungen des Tages holten ihn schnell ein, und während er die Augen schloss, dachte er an die Geschichten, die er noch zu erzählen hatte.

Anna war auf dem Heimweg, während die Nacht sich wie ein samtener Mantel über die Stadt legte. Die Straßenlaternen, die sonst mit ihrem warmen Licht den Weg wiesen, blieben dunkel, als hätten sie beschlossen, an diesem Abend zu schweigen. Die meisten Wohneinheiten lagen in tiefem Schatten, ihre Fenster wie verschlossene Augen, doch aus einigen wenigen drang noch ein sanfter Lichtschein, der Geschichten von Leben und Wärme erzählte.

Die Worte, die sie zuvor gehört hatte,

hallten in ihrem Kopf wider, unfassbar und schwer. Es war, als hätte jemand den Schleier der Vergangenheit gelüftet und ihr einen Blick auf eine Wahrheit gewährt, die lange verborgen geblieben war. Sie wusste, dass jene Zeiten hart gewesen waren, doch das volle Ausmaß der Schrecken war ihr nie bewusst gewesen. Wie hätte es auch anders sein können? Die Wenigen, die diese Ära überlebt hatten, hüllten sich in Schweigen, als wäre die Erinnerung daran zu schmerzhaft, um sie mit der Welt zu teilen. Und so war die Vergangenheit zu einem Flüstern geworden, das nur in seltenen Momenten laut genug war, um gehört zu werden.

Als Anna an der Statue vorbeikam, die ihre Heldin in einer triumphalen Pose darstellte, hielt sie inne. Die Figur aus Stein strahlte Stärke und Unbesiegbarkeit aus, ein Symbol für Mut und Entschlossenheit, jedoch auch Menschlichkeit. Doch in Annas Gedanken kämpften die Bilder, die sie gerade gesehen hatte, mit diesem idealisierten Abbild. Die Diskrepanz zwischen der heroischen Darstellung und der harten Realität, die sie erfahren hatte, war zu groß, um sie zu überbrücken.

„Wie konntest du dich nur so verändern?“

flüsterte Anna mit einem Hauch von Traurigkeit in ihrer Stimme. Sie legte sanft eine Hand auf den Fuß der Statue, als könnte sie durch diese Berührung eine Verbindung zu der Person herstellen, die einst ihre Inspiration gewesen war. Es war ein stiller Moment der Reflexion, in dem Anna versuchte, die Komplexität der menschlichen Natur zu begreifen – wie jemand, der einst als Heldin gefeiert wurde, sich in den Augen der Geschichte verändern konnte. Die Statue blieb stumm, doch für Anna war es, als ob sie die Last der unausgesprochenen Geschichten spüren konnte, die in ihrem steinernen Inneren verborgen lagen.

Draußen hatte sich die Nacht über die Kolonie gelegt, und die wenigen verbliebenen Lichter warfen lange Schatten auf die leeren Straßen. Anna ging langsam nach Hause, ihre Gedanken noch immer bei den Erzählungen des alten Mannes. Sie fühlte eine Mischung aus Traurigkeit und Entschlossenheit in sich aufsteigen. Die Verluste waren groß, aber sie wusste, dass es an ihnen lag, die Zukunft neu zu gestalten. Mit jedem Schritt, den sie machte, wuchs in ihr der Wunsch, die Geschichte der Kolonie weiterzuschreiben und den Mut der Überlebenden zu ehren. Sie wusste, dass sie bald zurückkehren würde, um mehr von den Geschichten des alten Mannes zu hören und daraus Kraft zu schöpfen.

Anna erschrak, als ein lautes Knallen die stille Nacht durchbrach. Ihr Herz schlug schneller, während sie sich hastig umdrehte, bereit, sich dem Unbekannten zu stellen. Doch zu ihrer Erleichterung war es nur ein Hund, der ungestüm eine Mülltonne umgeworfen hatte. Der Inhalt der Tonne schien für den Vierbeiner jedoch völlig uninteressant zu sein, und er trottete unbekümmert weiter seines Weges. Anna atmete tief durch, ein kleines Lächeln huschte über ihr Gesicht, als sie die Absurdität der Situation erkannte. Mit einem letzten Blick auf den Hund, der nun in der Dunkelheit verschwand, beschloss sie, ihren Weg nach Hause fortzusetzen. Die nächtliche Stille kehrte zurück, und Anna fühlte sich ein wenig leichter, als sie die vertrauten Straßen entlangging, die sie bald zu ihrem sicheren Heim führen würden.

Die Erzählungen des alten Mannes hatten Anna mehr aufgewühlt, als sie zunächst zugeben wollte. Die Worte des Mannes hallten noch in ihrem Kopf nach, während sie den Weg zu ihrer Wohneinheit zurücklegte. Doch als sie schließlich ankam, wurde sie von einem vertrauten Anblick empfangen: Ein wunderschöner Oleanderstrauch, dessen dunkelrosa Blüten im sanften Licht der Nacht leuchteten, stand in einem Terrakotta-Topf vor ihrer Tür. Die lebendige Farbe der Blüten schien die Dunkelheit zu vertreiben und brachte einen Hauch von Freude in die Umgebung.

Vor ihren zwei Fenstern hingen Blumenkästen, die mit duftenden Küchenkräutern und Lavendel bepflanzt waren. Der beruhigende Duft der Kräuter vermischte sich mit der kühlen Nachtluft und umhüllte Anna wie eine sanfte Umarmung. In diesem Moment fühlte sie sich angekommen, als ob all die Sorgen und Ängste des Abends von ihr abfielen. Der Anblick und der Duft ihres kleinen Gartens gaben ihr ein tiefes Gefühl von Heimat und Geborgenheit. Es war ein Ort, an dem sie sich sicher fühlte, ein Rückzugsort.

Anna öffnete die schwere Metalltür und trat in ihre Wohneinheit ein. Der vertraute Klick des Lichtschalters war das Erste, was sie hörte, und für einen kurzen Moment flackerten die Glühbirnen, bevor sie den Raum in ein warmes, beruhigendes Licht tauchten. Sie schloss die Tür hinter sich und ließ die Welt draußen zurück. Mit einem

Seufzer der Erleichterung legte sie ihre Straßenkleidung ab, spürte das Gewicht des Tages von ihren Schultern fallen, und zog die Vorhänge zu, um sich in die Geborgenheit ihres Zuhauses zu hüllen.

Im Badezimmer ließ sie das Badewasser einlaufen. Das leise Plätschern des Wassers wirkte wie Musik in ihren Ohren. Während sich die Wanne füllte, entkleidete sie sich und begann, ihr Make-up abzuwaschen. Der Spiegel reflektierte ihr Gesicht, das nun frei von den Spuren des Tages war, und sie fühlte sich, als würde sie nicht nur die Schminke, sondern auch die Anspannung und die Sorgen des Abends abstreifen. Das warme Wasser in der Wanne lud sie ein, sich hineinzulegen und die Hektik des Tages hinter sich zu lassen. Es war ein Moment der Ruhe, den sie dringend benötigte, ein Moment nur für sich selbst.

Gerade als Anna sich in die wohltuende Wärme der Badewanne sinken lassen wollte, klopfte es unerwartet an der Tür. Überrascht und ein wenig neugierig, wer um diese Zeit noch vorbeikommen könnte, warf sie sich schnell einen Bademantel um und ging zur Tür. Durch den Türspion blickend, konnte sie niemanden erkennen. Die Neugier ließ ihr keine Ruhe, und so öffnete sie die Tür langsam und vorsichtig einen Spalt. Tatsächlich war niemand zu sehen, doch ihr Blick fiel auf einen Zettel, der im Oleanderstrauch hing.

Der Zettel bewegte sich leicht im Wind, als ob er darauf wartete, von ihr entdeckt zu werden. Anna trat näher heran und nahm ihn vorsichtig in die Hand. Die Worte darauf waren knapp, aber sie weckten sofort ihre Neugier. Wer hatte ihn dort hinterlassen?

Anna wusste sofort, dass sie am nächsten Tag unbedingt wieder zu dem alten Mann gehen musste. Die Neugier und die Fragen, die der Zettel aufgeworfen hatte, ließen ihr keine Ruhe. Doch für den Moment beschloss sie, sich nicht weiter den Kopf darüber zu zerbrechen. Niemand würde sie jetzt von ihrem wohlverdienten Bad und der anschließenden Ruhe in ihrem Bett abhalten können. Sie schloss die Tür, legte den Zettel beiseite und kehrte ins Badezimmer zurück. Das warme Wasser wartete bereits auf sie, und als sie endlich in die Wanne glitt, spürte sie, wie die Anspannung des Abends von ihr abfiel. In ihren Gedanken versunken, plante sie den morgigen Tag, während die Wärme des Wassers sie umhüllte und ihr die Entspannung schenkte, die sie so dringend benötigte. Danach würde ihr gemütliches Bett auf sie warten, ein sicherer Hafen, in dem sie neue Kraft für die kommenden Herausforderungen tanken konnte.

Die Nacht verging wie im Flug, und bald kündigten die ersten Sonnenstrahlen den neuen Tag an. Sie schlichen sich durch den Spalt der Vorhänge und fielen sanft auf Annas Gesicht, weckten sie behutsam aus ihrem Schlaf. Das warme Licht der Morgensonne erfüllte den Raum und brachte eine angenehme Ruhe mit sich. Anna blinzelte verschlafen und streckte sich, während sie die wohlige Wärme der Sonnenstrahlen auf ihrer Haut spürte. Es war ein neuer Tag, voller Möglichkeiten und Antworten, die darauf warteten, entdeckt zu werden. Der Gedanke an den alten Mann und den mysteriösen Zettel kam ihr wieder in den Sinn, und sie fühlte eine Mischung aus Neugier und Entschlossenheit. Heute würde sie die Gelegenheit nutzen, um mehr zu erfahren. Doch zunächst genoss sie diesen friedlichen Moment, der ihr die Energie gab, um den Tag mit frischem Elan zu beginnen.

Anna rieb sich den Schlaf aus den Augen, setzte sich auf und streckte sich ausgiebig, um die letzten Reste der Müdigkeit zu vertreiben. Noch etwas schlaftrunken machte sie sich auf den Weg ins Bad, um sich frisch zu machen, bevor sie in die Küche ging. Dort bereitete sie sich eine Tasse Kaffee zu, deren Duft sich schnell im Raum ausbreitete und sie endgültig wach werden ließ. Mit der dampfenden Tasse in der Hand öffnete sie die Vorhänge und ließ das Morgenlicht herein.

Sie lehnte sich an die Spüle und blickte aus dem Fenster, während sie ihren Kaffee genoss. Draußen begann der Tag langsam zum Leben zu erwachen. Sie beobachtete, wie die ersten Menschen ihrem täglichen Treiben nachgingen. Ihre Nachbarin, die jeden Tag zur gleichen Zeit mit einem Karren in Richtung Markt zog, um dort ihre Stoffe zu verkaufen, war bereits unterwegs. Es war ein vertrauter Anblick, der Anna ein Gefühl von Beständigkeit und Routine vermittelte.

Obwohl Anna den Frieden und die Ruhe der letzten Jahre sehr zu schätzen wusste, konnte sie nicht leugnen, dass das Leben hier manchmal eintönig war. Jeder Tag schien dem Anderen zu gleichen, mit den immer gleichen Routinen und Abläufen. Die vertrauten Gesichter und täglichen Rituale, so beruhigend sie auch sein mochten, ließen sie manchmal von mehr Abwechslung und Abenteuer träumen.

Der Gedanke an den mysteriösen Zettel vom Vorabend brachte jedoch eine unerwartete Spannung in ihren Alltag. Es war eine kleine Abweichung von der Norm, die ihre Neugier weckte und ihr das Gefühl gab, dass vielleicht doch etwas Aufregendes auf sie wartete. Während sie ihren Kaffee trank und den Blick, aus dem Fenster schweifen ließ, fragte sie sich, welche Geschichten und Geheimnisse sich hinter den Fassaden ihrer kleinen Nachbarschaft verbergen mochten.

Nachdem Anna ihren Kaffee ausgetrunken hatte, spülte sie die Tasse schnell ab und machte sich bereit für den Tag. Sie zog sich an, schnappte sich ihre Einkaufstasche und machte sich auf den Weg zum Markt, um Lebensmittel einzukaufen. Der Markt war bereits belebt, und die vertrauten Stände boten eine bunte Vielfalt an frischen Produkten. Anna bewegte sich zügig durch die Reihen, wählte sorgfältig aus, was sie für den Tag benötigte, und genoss dabei die lebendige Atmosphäre.

Mit vollen Taschen kehrte sie nach Hause zurück und begann sofort, ihre Einkäufe zu verstauen. Sie ordnete alles sorgfältig in den Schränken und im Kühlschrank.

Bevor Anna das Haus verließ, warf sie einen letzten prüfenden Blick in den Spiegel, um sicherzustellen, dass alles passte. Zufrieden mit ihrem Aussehen ließ sie ihren Blick durch ihre gemütliche Wohneinheit schweifen, um sicherzugehen, dass sie nichts vergessen hatte. Alles schien an seinem Platz zu sein, und mit einem Gefühl der Vorfreude machte sie sich auf den Weg zum alten Mann. Frische Luft empfing sie, als sie die Tür hinter sich schloss, und mit jedem Schritt wuchs ihre Neugier auf das, was sie erwarten würde. Der Weg war ihr vertraut, doch heute schien er von einer besonderen Spannung begleitet zu sein. Anna war gespannt darauf, welche Antworten und Geschichten der alte Mann für sie bereithalten würde.

Anna schlenderte gemütlich die Straße entlang und nahm die lebendige Szenerie um sich herum wahr. Kinder liefen lachend und plaudernd an ihr vorbei, auf dem Weg zu ihrem Unterricht, ihre Rucksäcke fröhlich wippend. Mütter schoben Kinderwägen oder hielten die Hände ihrer Kleinen, während sie sich auf den Weg zu den nahegelegenen Parks machten, um dort den Vormittag zu verbringen. Die Männer, die die Überreste der gestrigen Feier beseitigten, arbeiteten fleißig daran, die Straßen wieder in ihren gewohnten Zustand zu versetzen. Es war ein geschäftiger Morgen, voller alltäglicher Aktivitäten.

Anna stand vor der Tür des alten Mannes und klopfte. Nachdem sie einen Moment gewartet hatte, klopfte sie erneut, doch es blieb still. Sie fand es seltsam und fragte sich, ob er vielleicht noch nicht wach war. Gerade als sie zum dritten Mal klopfen wollte, hörte sie seine freundliche Stimme hinter sich. Sie drehte sich um und sah ihn lächelnd auf sie zukommen. Er begrüßte sie herzlich und erklärte mit einem Augenzwinkern, dass er nicht mehr so schnell sei wie früher. Er schlug vor, gemeinsam einen kleinen Spaziergang zu machen, um sich zu unterhalten. Anna stimmte gerne zu, und gemeinsam machten sie sich auf den Weg, während die Sonne sanft auf sie herab schien.

Als sie langsam durch die Straßen schlenderten, erzählte der alte Mann Anna von seiner täglichen Routine. Jeden Morgen besuchte er seine Nachbarin, um ihr Gesellschaft zu leisten, da ihr Mann vor kurzem verstorben war und sie sich oft einsam fühlte. Anna fand es rührend, wie der alte Mann sich um seine Mitmenschen kümmerte.

Nach einer Weile fragte er Anna, ob bei ihr

gestern noch etwas Besonderes passiert sei. Anna erinnerte sich an den mysteriösen Zettel, den sie gefunden hatte. Sie kramte in ihrer Tasche, zog den Zettel hervor und reichte ihn dem alten Mann. Er nahm ihn neugierig entgegen und begann, ihn aufmerksam zu lesen. Anna beobachtete gespannt seine Reaktion und hoffte, dass er vielleicht mehr über den Ursprung oder die Bedeutung des Zettels wusste.

Der alte Mann las laut vor: "Schlafende Hunde soll man nicht wecken!" und begann herzlich zu lachen. "Weißt du," sagte er mit einem Schmunzeln, "ich finde es erstaunlich, dass du heute nochmal zu mir gekommen bist. Du bist nicht die Erste, die so eine Nachricht erhalten hat. Schon einige vor dir sind zu mir gekommen, um mehr darüber zu erfahren, und alle bekamen sie dieselbe Nachricht."

Anna war überrascht und neugierig zugleich. "Was hat es damit auf sich?" fragte sie.

"Ich weiß es nicht," murmelte der alte Mann mit einem Hauch von Resignation in seiner Stimme, während er gedankenverloren in die Ferne blickte. "Aber ich kann mir gut vorstellen, dass es da draußen Menschen gibt – mächtige Menschen – die nicht wollen, dass ich die Wahrheit ans Licht bringe.

Diese einflussreichen Gestalten ziehen im Verborgenen die Fäden und nutzen meine Frau nach wie vor, für ihre eigenen Zwecke. Sie formen ein Bild von ihr, das perfekt in ihre Vorstellungen passt, ein Bild, das sie uns aufzwingen, um uns besser lenken und kontrollieren zu können. Es ist, als ob sie ein unsichtbares Netz um uns gesponnen hätten, ein Netz aus Lügen und Manipulation, das uns gefangen hält, ohne dass wir es bemerken."

"Sei dir dessen Bewusst, wenn du möchtest, dass ich dir weiter davon erzähle," sagte der alte Mann mit einem geheimnisvollen Lächeln.
Anna, die ihm aufmerksam zugehört hatte, nickte eifrig. Ihre Augen leuchteten vor Erwartung, und sie kam näher an den alten Mann heran, um kein Wort zu verpassen.

Kapitel 6

In Sir Edmunds Büro angekommen, umfing Jack sofort der Duft von altem Leder und poliertem Holz, der dem Raum eine Aura von zeitloser Eleganz verlieh. Die hohen Bücherregale, gefüllt mit ledergebundenen Bänden, schienen die Wände zu stützen, während das gedämpfte Licht der antiken Tischlampe ein warmes, goldenes Leuchten auf den massiven Mahagonischreibtisch warf.

Sir Edmund schritt mit einer gewissen Anmut zu seinem Schreibtisch. Mit einer geübten Bewegung öffnete er ein silbernes Zigarettenetui, dessen Oberfläche im Licht schimmerte. Er entnahm eine Zigarette, zündete sie mit einem leisen Knistern an und ließ sich in seinen ledernen Ohrensessel sinken, der ein leises Knarren von sich gab.

Mit einem leichten Nicken deutete er Jack an, Platz zu nehmen. Der Rauch der Zigarette stieg in eleganten Spiralen zur

Decke auf, während Sir Edmund sich zurücklehnte und Jack mit einem durchdringenden Blick musterte. "Also, was wollen Sie mit mir besprechen?" fragte Sir Edmund mit einer Stimme, die eine Spur von Autorität verriet.

„Sie haben die Kolonie gesehen“, sagte Jack mit einem Anflug von Dringlichkeit in seiner Stimme. „Wir können sie nicht schnell genug wieder aufbauen, um für den nächsten Angriff gewappnet zu sein. Geschweige denn, um zu überleben. Wir müssen evakuieren. Und das schnell und ohne Rücksicht.“

Sir Edmunds Gesicht verfinsterte sich, als er Jacks Worte hörte. „Das können wir nicht tun“, entgegnete er mit fester Stimme. Doch Jack ließ sich nicht beirren. Mit einem entschlossenen Blick zog er erneut seinen Ausweis aus seiner Tasche und hielt ihn Sir Edmund entgegen. „Dieser Ausweis“, sagte Jack, „beweist, dass ich sehr wohl die Befugnis dazu habe.“

Sir Edmunds Augen verengten sich, als er das Dokument betrachtete. Ein Moment der Stille folgte, in dem die Spannung zwischen den beiden Männern greifbar war. Schließlich nickte Sir Edmund widerwillig, die Schwere der Situation erkennend.

Die beiden Männer vertieften sich in ein intensives Gespräch, das die Zeit wie im Flug vergehen ließ. Die Sonne stand bereits hoch am Himmel, als sie schließlich beschlossen, sich auf den Weg zurück zum Zentrum der Kolonie zu machen. Sir Edmund, mit seiner imposanten Erscheinung und der Autorität in seiner Stimme, erteilte den Befehl, dass sich jeder, der noch die Kraft hatte, auf den Beinen zu stehen, unverzüglich dort einfinden solle. Die Luft war erfüllt von einer Mischung aus Erwartung und Dringlichkeit, während die Kolonisten sich allmählich um das Zentrum versammelten, bereit, den nächsten Schritten ihres Anführers zu folgen.

Als sich alle Überlebenden um Sir Edmund versammelt hatten, herrschte eine gespannte Stille. Die Luft war erfüllt von einer Mischung aus Erleichterung und Erwartung. Sir Edmund atmete tief ein, als ob er die Schwere des Augenblicks in sich aufnehmen wollte, und senkte kurz den Kopf, um seine Gedanken zu sammeln. Mit einer Stimme, die sowohl Entschlossenheit als auch Wehmut verriet, verkündete er: "Hiermit übergebe ich mein Kommando und meinen Posten an Jack. Ich bitte euch inständig, ihm mit derselben Loyalität und Hingabe zu folgen, wie ihr es bei mir getan habt."

Die Menge erstarrte. Damit hatten sie nicht gerechnet. Die Anspannung in der Luft war fast greifbar, als Jack, mit einem entschlossenen Blick in den Augen, einen Schritt vor Sir Edmund trat. Seine Stimme war fest, aber mitfühlend, als er zur Menge sprach.

„Ich weiß, dass ihr Angst habt", begann er, seine Worte durchdrangen die Stille wie ein warmer Lichtstrahl in einer kalten Winternacht. „Ich weiß, dass ihr trauert, aber wir werden diese Kolonie evakuieren. Meine Leute werden euch dabei unterstützen."

Ein leises Murmeln ging durch die Menge, als Hoffnung und Zweifel miteinander rangen. Jack fuhr fort: „Betankt alle Fahrzeuge, die ihr habt, und packt nur das Notwendigste ein. Sammelt Vorräte für mehr als eine Woche. Einer meiner Männer wird Farbkarten ausgeben. Jeder behält die Karte, die er ausgehändigt bekommt, und geht dann an den ihm zugeordneten Platz."

Er machte eine kurze Pause, um sicherzustellen, dass seine Worte verstanden wurden. „So können wir besser und schneller die Evakuierung abschließen. Jeder weiß, was er zu tun hat. Wir haben nicht viel Zeit."

Die Menge begann sich zu regen, als die Menschen die Dringlichkeit der Situation erfassten. Jack beobachtete, wie Entschlossenheit die Angst in ihren Gesichtern ersetzte.

Jack warf einen prüfenden Blick über seine Schulter zu seiner Truppe, die in der warmen Mittagssonne lässig am Jeep lehnte. Die Männer wirkten entspannt, doch Jack wusste, dass sie jederzeit bereit waren, in Aktion zu treten. Er rief den Kleinsten der Gruppe zu sich, einen jungen Mann mit dem Spitznamen „Spatz", dessen scharfer Verstand und flinke Hände ihm schon oft von Nutzen gewesen waren.

„Spatz", sagte Jack leise, aber mit einem Tonfall, der keinen Widerspruch duldete, „du weißt, was zu tun ist und nach welchen Kriterien sortiert wird?" Seine Augen suchten die des Jungen, um sicherzugehen, dass die Dringlichkeit der Aufgabe verstanden wurde.

Spatz nickte ernst, seine jugendliche Unbekümmertheit wich einem Ausdruck konzentrierter Entschlossenheit. Ohne ein weiteres Wort drehte er sich um und ging zur Ladefläche des Jeeps. Dort lagen die Farbkarten, sorgfältig vorbereitet in den Farben Grün, Gelb und Rot. Jede Farbe hatte ihre eigene Bedeutung, ein System, das in der kommenden Evakuierung entscheidend sein würde.

Mit den Karten in der Hand machte sich Spatz auf den Weg, um sie an die wartende Bevölkerung zu verteilen. Er bewegte sich schnell und effizient durch die Menge, seine Bewegungen waren präzise und zielgerichtet. An verschiedenen Plätzen hielt er inne, um die Karten zu übergeben, und erklärte, wohin sich die Menschen begeben sollten.

Die Menschen nahmen die Karten mit einer Mischung aus Hoffnung und Besorgnis entgegen, während Spatz unermüdlich weiterarbeitete. Jack beobachtete ihn aus der Ferne und fühlte einen Anflug von Stolz. Inmitten des Chaos und der Unsicherheit war es beruhigend zu wissen, dass es Menschen wie Spatz gab, die bereit waren, Verantwortung zu übernehmen und ihren Teil zur Rettung der Gemeinschaft beizutragen.

Jack ließ seinen Blick über die restliche Truppe schweifen, die noch immer am Jeep versammelt war. Mit einer Stimme, die sowohl Entschlossenheit als auch Kameradschaft ausstrahlte, rief er: „Vögel! Bereit zum Ausschwärmen, jeder packt mit an!“ Die Männer reagierten sofort, als ob sie nur auf dieses Signal gewartet hätten. Mit einem gemeinsamen Nicken setzten sich die vier in Bewegung, ihre Schritte fest und zielgerichtet, während sie sich in die Menge verteilten, um ihre Aufgaben zu erfüllen. Die Frau jedoch blieb am Jeep gelehnt. Sie war wachsam und aufmerksam, während sie auf weitere Anweisungen wartete. Jack wandte sich an sie und sagte mit einem leichten Lächeln: „Du behältst alles im Auge, Schneeeule.“ Ihr Spitzname passte perfekt zu ihrer ruhigen, aber wachsamen Art und ihrer schneeweißen Haut. Schneeeule nickte knapp, ihre Brille blitzte kurz auf, bevor sie sich geschmeidig von ihrem Platz löste. Mit einer Eleganz, die in solch einer Situation fast fehl am Platz schien, bewegte sie sich in die Menge. Ihr langer Mantel wehte hinter ihr her, als sie an Jack vorbeiging, und für einen Moment schien es, als ob die Zeit für einen Herzschlag stillstand. Jack wusste, dass er sich auf sie verlassen konnte. Sie würde den Überblick behalten und sicherstellen, dass alles nach Plan verlief, während die Operation in vollem Gange war.

Danny bemerkte die Frau in der Menge, eine Gestalt, die sich von den Anderen abhob. Er hatte gerade die traurige Aufgabe beendet, die Gefallenen zu zählen und ihre Körper vor der Kolonie zu verbrennen. Ein Ritual, das ihm jedes Mal schwer auf der Seele lag. Doch jetzt, da diese Pflicht erfüllt war, verspürte er den Drang, mehr über diese geheimnisvolle Frau zu erfahren.

Vorsichtig setzte er sich in Bewegung, darauf bedacht, unauffällig zu bleiben. Er wollte nicht, dass sie ihn bemerkte, zumindest nicht, bevor er herausgefunden hatte, wer sie war und was sie hier tat. Die Menge um ihn herum war dicht, doch er hielt sie stets im Blick, während sie sich ihren Weg bahnte.

Plötzlich bog sie in eine schmale Gasse ab. Danny zögerte einen Moment, dann folgte er ihr, seine Schritte leise und bedacht. Doch als er um die Ecke kam, war sie verschwunden. Die Gasse war eng und von hohen, alten Gebäuden gesäumt, deren Fenster wie stumme Zeugen auf ihn herabblickten. Ein leichter Wind wehte durch die Gasse und trug den fernen Klang von Stimmen und das Rauschen der Stadt mit sich. Danny spürte, wie sich eine seltsame Mischung aus Neugier und Unbehagen in ihm ausbreitete. Die Frau hatte etwas Unfassbares an sich, etwas, das ihn gleichzeitig anzog und beunruhigte. Er fragte sich, ob er einer Spur folgen sollte, die vielleicht gar nicht existierte. Verwundert blieb er stehen, sein Blick suchte die Umgebung ab, doch von der Frau fehlte jede Spur. Es war, als hätte sie sich in Luft aufgelöst.

„Warum verfolgst du mich?“ Die Stimme kam unerwartet von hinten, ruhig und doch mit einem Hauch von Amüsement. Danny drehte sich abrupt um und sah die Frau, die nun direkt hinter ihm stand. Ein leichtes Lächeln spielte um ihre Lippen.

Er war für einen Moment sprachlos, überrascht von ihrer plötzlichen Erscheinung und der Tatsache, dass sie ihn so leicht entdeckt hatte. Doch dann sammelte er sich und erwiderte: „Ich wollte nur wissen, wer Sie sind. Sie scheinen... anders zu sein als die Anderen hier.“

Die Frau betrachtete ihn einen Moment lang, als ob sie seine Worte abwog, bevor sie antwortete. „Vielleicht bin ich das“, sagte sie schließlich, ihre Stimme geheimnisvoll und einladend zugleich. „Aber die Frage ist, warum das für dich von Interesse ist.“

„Du hast mich und meinen Freund vor einem dieser schrecklichen Dinger gerettet“, sagte Danny, seine Stimme voller Dankbarkeit und Bewunderung. „Die Art und

Weise, wie du gekämpft hast, mit einer Eleganz und Präzision, die ich noch nie zuvor gesehen habe, war einfach unglaublich."

Die Frau lächelte leicht, ein Ausdruck, der sowohl Bescheidenheit als auch Stolz verriet.

In diesem Moment schien die Zeit stillzusteh en, und Danny fühlte sich, als ob er in eine andere Welt gezogen worden wäre. Eine Wel t, in der Menschen mit außergewöhnlichen F ähigkeiten existierten und in der das Unmögliche möglich wurde. Die Frau vor ihm war der lebende Beweis dafür, dass es mehr zwischen Himmel und Erde gab, als er je geglaubt hatte. Er fragte sich, welche Geheimnisse sie noch verbarg und ob er jemals die Gelegenheit bekommen würde, sie zu ergründen.

„Ich weiß", erwiderte sie ruhig. „Du bist einer der Beiden, die ich vor dem Flugvieh gerettet habe. Es war ein gefährlicher Moment, aber ihr hattet Glück, dass ich in der Nähe war."

„Ja", bestätigte Danny, seine Augen spiegelten die Ernsthaftigkeit seiner Worte wider. „Und genau deshalb wollte ich mich bei dir bedanken. Ohne dein Eingreifen wären wir jetzt wahrscheinlich nicht mehr hier. Du hast uns das Leben gerettet, und das werde ich nie vergessen."

Die Frau nickte, ihre Blicke trafen sich mit einer Intensität, die Danny das Gefühl gab, dass sie mehr wusste, als sie preisgab.

„Es war das Richtig das zu tun", sagte sie schlicht. „In Zeiten wie diesen müssen wir aufeinander aufpassen."

Danny bemerkte erst jetzt die Details ihrer Erscheinung, die ihm zuvor entgangen waren. Ihre militärische Kleidung, funktional und dennoch formschön, schmiegte sich eng an ihren Körper und betonte ihre schlanke, aber kräftige Statur. Die Kleidung schien wie für sie gemacht, und ihre Bewegungen wirkten dadurch noch geschmeidiger. An ihrer Hüfte hing ein Schwert in einer kunstvoll verzierten Scheide, während auf der anderen Seite eine Pistole sicher befestigt war. An ihrer rechten Wade war ein Messer angebracht, bereit, im Notfall gezogen zu werden. Diese Waffen verliehen ihr eine Aura von Stärke und Entschlossenheit, die Danny beeindruckte.

Besonders ihre Hände, die in Handschuhen verborgen waren, fielen ihm auf. Die Finger wirkten darin ungewöhnlich lang und dünn, was ihnen eine fast ätherische Anmut verlieh. Keine Haut war zu sehen, als ob sie sich bewusst von der Welt abschirmen wollte. Erst ihr Gesicht war sichtbar, und es war von einer faszinierenden Blässe, die im Kontrast zu ihren blutroten Lippen stand. Diese Lippen schienen fast unwirklich, als wären sie der einzige Farbtupfer in einem ansonsten monochromen Bild.

Ihre Brille, die an eine Taucherbrille erinnerte, hatte einen dünnen, aber robusten Rahmen. Die pechschwarzen Gläser verbargen ihre Augen und gaben ihr ein geheimnisvolles Aussehen. Danny fragte sich, was für Augen sich wohl hinter diesen Gläsern verbargen und welche Geschichten sie erzählen könnten. Die gesamte Erscheinung der Frau war ein Rätsel.

Danny ließ seinen Blick langsam von oben bis unten über die Frau gleiten, fasziniert von ihrer geheimnisvollen Ausstrahlung. Ihre Präsenz war so eindrucksvoll, dass er für einen Moment die Welt um sich herum vergaß. Die Art, wie sie dort stand, mit einer Mischung aus Selbstbewusstsein und Gelassenheit, zog ihn in ihren Bann.

„Bist du fertig?“ fragte die Frau amüsiert, als sie seine musternden Blicke bemerkte. Ihre Worte rissen Danny aus seiner Trance, und er spürte, wie ihm die Röte ins Gesicht stieg.

„Oh, äh, entschuldige bitte“, stammelte Danny verlegen, während er sich schnell wieder fasste. Er streckte die Hand aus, um die peinliche Situation zu entschärfen, und stellte sich mit einem freundlichen Lächeln vor. „Ich bin Danny. Es tut mir leid, ich war nur... beeindruckt.“

Die Frau nahm seine Hand mit einem festen, aber freundlichen Händedruck und erwiderte sein Lächeln. Ihre Augen, verborgen hinter der dunklen Brille, schienen ihn dennoch zu durchdringen, als ob sie mehr sahen, als er preisgeben wollte.

„Nimh“, erwiderte die Frau mit einem leichten Nicken, während sie seine Hand schüttelte. „So lautet mein Name. Aber die Jungs von der Truppe nennen mich Eule oder Schneeeule.“ Ihre Stimme war ruhig und hatte einen melodischen Klang, der Danny sofort in seinen Bann zog.

Der Spitzname schien perfekt zu ihr zu passen, dachte Danny. Wie eine Eule strahlte sie eine geheimnisvolle Weisheit und Wachsamkeit aus, und ihre schneeweiße Haut erinnerte tatsächlich an das majestätische Gefieder einer Schneeeule. Es war, als ob sie in der Lage wäre, alles um sich herum mit einem einzigen, durchdringenden Blick zu erfassen.

„Eule also“, sagte Danny mit einem anerkennenden Lächeln. „Das passt zu dir.“ Er konnte nicht anders, als sich zu fragen, welche Geschichten und Erfahrungen hinter diesem Namen steckten und was sie alles erlebt haben musste, um sich diesen Respekt und diese Anerkennung zu verdienen.

Auch den Namen Nimh hatte Danny noch nie gehört. Er fand, dass er perfekt zu dieser einzigartigen Frau passte, die vor ihm stand. Es war ein Name, der sowohl Stärke als auch Geheimnis in sich trug, genau wie sie selbst.

„Wir sollten weiter machen“, sagte Nimh mit einem entschlossenen Blick, der keinen Widerspruch duldete. „Wir müssen los, bevor es Nacht wird. Die Viecher kommen gerne wieder an die Plätze zurück, wenn sie dort großen Schaden anrichten konnten.“ Ihre Stimme war ruhig, aber es lag eine Dringlichkeit darin, die Danny nicht ignorieren konnte.

Er nickte zustimmend, spürte die

Ernsthaftigkeit der Situation und die Notwendigkeit, schnell zu handeln. Gemeinsam machten sie sich auf den Weg, bereit, den Herausforderungen zu begegnen, die die Dunkelheit mit sich bringen würde. Die bevorstehende Nacht versprach, alles andere als ruhig zu werden, und Danny wusste, dass er an der Seite von Nimh gut gerüstet war.

Die Zeit verging wie im Flug. Aus dem strahlenden Mittag wurde allmählich ein goldener Nachmittag, und schließlich senkte sich der Abend mit seinen sanften Schatten über das Land. Die Vorbereitungen waren in vollem Gange gewesen, und nun war alles an seinem Platz. Die Bevölkerung hatte sich gesammelt, und die Vorräte waren sorgfältig verladen. Es herrschte eine gespannte, aber entschlossene Stimmung in der Luft. Jeder wusste, dass der Aufbruch notwendig war, um der drohenden Gefahr zu entkommen. Die Menschen standen dicht beieinander, einige flüsterten leise miteinander, während andere in Gedanken versunken waren. Die Fahrzeuge waren startklar, und die letzten Kontrollen wurden durchgeführt. Nimh, mit ihrer ruhigen Autorität, ging die Reihen entlang und sorgte dafür, dass alles reibungslos verlief. Danny beobachtete sie und fühlte sich beruhigt durch ihre Präsenz.

Sie waren bereit aufzubrechen, in eine ungewisse Zukunft, aber mit der Hoffnung auf Sicherheit und einen Neuanfang.

Doch die Gefahr war noch lange nicht vorbei. Sobald sie die Kolonie verließen, ließen sie den begrenzten, aber dennoch wertvollen Schutz der Mauern hinter sich. Diese Mauern hatten ihnen bisher ein Gefühl der Sicherheit gegeben, ein Bollwerk gegen die Bedrohungen der Außenwelt. Doch draußen, jenseits dieser schützenden Barriere, waren sie komplett auf sich allein gestellt. Die Wildnis war unberechenbar und voller Gefahren, die in der Dunkelheit lauerten. Jeder Schritt musste mit Bedacht gewählt werden, und jede Entscheidung konnte über Leben und Tod entscheiden. Die Gruppe wusste, dass sie sich aufeinander verlassen mussten, um die Herausforderungen zu meistern, die vor ihnen lagen.

Kapitel 7

Der alte Mann lehnte sich auf der Parkbank zurück, seine Augen funkelten, als er Anna ansah. „Ist es dir noch nicht fade, einem alten Mann zuzuhören?“ fragte er mit einem leichten Lächeln, das seine Falten noch tiefer erscheinen ließ. Anna schüttelte den Kopf, ihre Augen leuchteten vor Interesse. „Nein, ganz und gar nicht. In der Zeit, in der wir uns unterhalten haben, habe ich mehr erfahren als in meinem ganzen Leben zuvor.“

Der alte Mann senkte den Blick und betrachtete seine Füße, die fest auf dem Boden standen. Die Nachmittagssonne warf lange Schatten über den Park, und die Blätter der Bäume raschelten sanft im Wind. In der Nähe spielte ein Kind fröhlich mit einem Ball, seine unbeschwerte Freude erfüllte die Luft. Plötzlich schoss der Ball in einem hohen Bogen direkt auf Anna zu. Doch bevor er sie treffen konnte, schnellte die Hand des alten Mannes blitzschnell nach vorne und fing den Ball mit erstaunlicher

Geschicklichkeit ab. Mit einem sanften Lächeln warf er den Ball zurück zu dem Kind, das ihn mit einem dankbaren Lachen auffing.

„Manchmal habe ich meine Momente“, sagte der alte Mann mit einem Anflug von Stolz in der Stimme, als hätte er gerade eine kleine Heldentat vollbracht. Doch dann veränderte sich sein Ausdruck, und eine leichte Melancholie legte sich über sein Gesicht. „Entschuldige mich bitte. Ich muss nach Hause. Ich werde müde von all den Erinnerungen.“

Anna spürte einen Hauch von Bedauern, als sie fragte: „Soll ich Sie noch begleiten?“ Doch der alte Mann schüttelte den Kopf, ein leises Lächeln spielte um seine Lippen. Ohne ein weiteres Wort erhob er sich, seine Bewegungen waren langsam, aber bestimmt. Er zog seinen Mantel enger um sich und machte sich auf den Weg. Anna blieb allein auf der Parkbank zurück und sah dem alten Mann hinterher, der immer kleiner und kleiner wurde.

Anna blieb noch eine Weile sitzen. Die fröhlichen Rufe der Kinder, die unbeschwert spielten, erfüllten die Luft mit einer Leichtigkeit, die im Kontrast zu den tiefen

Gedanken standen, die in ihrem Kopf kreisten. Sie ließ die Worte des alten Mannes noch einmal Revue passieren, jedes Detail seiner Erzählungen, die so lebendig und ernüchternd waren.

Es war, als hätte er ihr ein Fenster in eine längst vergangene Welt geöffnet, eine Welt, die sie verzweifelt zu verstehen versuchte. Mit einem entschlossenen Seufzer stand Anna schließlich auf. Sie beschloss, ins Archiv zu gehen, an diesen stillen Ort voller Geschichten und Geheimnisse. Doch was sie dort finden würde, wusste sie noch nicht.

Anna hatte bereits jedes Buch, jede Notiz durchforstet, selbst die unscheinbarsten Dokumente, die auch nur im Entferntesten mit Nimh zu tun hatten. Doch trotz all ihrer Bemühungen war sie nie auf etwas Brauchbares gestoßen. Die Erinnerungen des alten Mannes waren wie ein kostbarer Schatz, der mehr Licht auf Nimh warf als all die staubigen Seiten, die sie bisher durchgeblättert hatte.

Mit einem letzten Blick auf die spielenden Kinder machte sich Anna auf den Weg, fest entschlossen, die Puzzleteile zusammenzusetzen und das Geheimnis, um Nimh zu lüften. Die Worte des alten Mannes waren ihr Anker, und sie wusste, dass sie sie auf ihrer Suche begleiten würden.

Der alte Mann schlenderte gemächlich durch die Straßen, seine Gedanken noch immer bei dem Gespräch mit Anna. Er entschied sich für einen kleinen Umweg, der ihn an der Statue von Nimh vorbeiführte. Diese Statue, majestätisch und voller Anmut, stand als stummer Wächter über die Vergangenheit und die Erinnerungen, die sie in sich barg. Der alte Mann blieb stehen, seine Augen ruhten auf dem steinernen Abbild, das so viel mehr als nur eine Figur war. Mit einer sanften, fast zärtlichen Geste strich er über die Füße der Statue, als würde er die Person, die sie darstellte, wirklich berühren. „Es tut mir leid“, flüsterte er leise, seine Stimme kaum mehr als ein Hauch im Abendwind.

Er verweilte einen Moment, in Gedanken versunken, bevor er sich schließlich losriss und seinen Weg fortsetzte. Die Welt um ihn herum schien in einem sanften Dämmerlicht zu verschwimmen, und die Geräusche der Stadt drangen nur gedämpft an sein Ohr. So tief war er in seine Erinnerungen und Gedanken versunken, dass er die anderen Menschen auf der Straße kaum wahrnahm, ihre Gesichter und Stimmen verschwammen zu einem fernen Hintergrundrauschen.

Als er schließlich vor seiner Wohneinheit ankam, bemerkte er sofort, dass etwas nicht stimmte. Die Tür stand einen Spalt offen, ein untrügliches Zeichen, dass jemand hier gewesen war. Die Vorhänge waren zugezogen, und ein unheimliches Gefühl kroch ihm den Rücken hinauf. Er hielt inne, sein Herz schlug einen Moment schneller, während er die Situation einschätzte. Vorsichtig trat er näher, seine Sinne geschärft, bereit, sich dem Unbekannten zu stellen, das hinter der Tür auf ihn wartete.

Vorsichtig öffnete er die Tür, die mit einem leisen Knarren nachgab, und trat in den dunklen Raum ein. Die Stille war fast greifbar, nur unterbrochen von dem entfernten Summen der Stadt, das durch die geschlossenen Fenster drang. Er tastete nach dem Lichtschalter an der Wand, doch als er ihn betätigte, blieb der Raum in Dunkelheit gehüllt. Ein leises Seufzen entwich seinen Lippen, während sich seine Pupillen an die Dunkelheit anpassten.

Ein schwerer Geruch von Zigarettenrauch hing in der Luft, durchdrang seine Sinne und weckte Erinnerungen an längst vergangene Tage. Der Rauch schien wie ein unsichtbarer

Schleier im Raum zu schweben, als wäre er ein stummer Zeuge der Ereignisse, die sich hier abgespielt hatten. Der alte Mann zog die Luft tief ein, spürte, wie der vertraute Geruch ihn umhüllte und ihn in die Vergangenheit zurückversetzte.

Langsam bewegte er sich weiter hinein in den Raum, seine Schritte vorsichtig und bedacht, um nicht über die unsichtbaren Hindernisse zu stolpern, die der Schatten verbarg. Die Dunkelheit schien lebendig, als ob sie ihn beobachtete, während er sich seinen Weg durch den Raum bahnte. Sein Herz schlug ruhig, doch in seinem Inneren regte sich eine leise Unruhe, ein Gefühl, das er nicht ganz abschütteln konnte.

Er blieb stehen, lauschte in die Stille und versuchte, die Präsenz zu spüren, die er vermutete. Der Raum war erfüllt von einer seltsamen Spannung, in Erwartung dessen, was kommen würde. Der alte Mann wusste, dass er nicht allein war, und der Gedanke daran ließ seine Sinne schärfer werden.

„Na, mein alter Freund. Lange nicht gesehen“, sagte der alte Mann mit einem Hauch von Melancholie in der Stimme, während er in die Dunkelheit starrte. Die

Worte hallten leise im Raum wider, als ob die Wände selbst die Erinnerung an vergangene Zeiten in sich trugen.

Aus den Schatten heraus erklang eine männliche Stimme, tief und rau, die er seit Jahren nicht mehr gehört hatte. „Wie oft haben wir dir schon gesagt, dass du deine Geschichten für dich behalten sollst?“ Die Stimme trug einen Unterton von Vertrautheit und Bedrohung, mit einer unheimlichen Spannung in seinen Worten.

Der alte Mann seufzte leise, seine Augen suchten vergeblich nach dem Gesicht, das zur Stimme gehörte. „Warum schicken sie dich?“, fragte er, seine Stimme war ruhig, aber in seinen Augen lag ein Funke von Entschlossenheit. „Sie dachten, bei unserer Vergangenheit würdest du auf mich hören, aber so wie ich dich kenne – und verdammte Scheiße, ich kenne dich gut – wird das nichts bringen.“

Ein kurzes, trockenes Lachen kam aus der Dunkelheit, gefolgt von einem leisen Rascheln, als sich die Gestalt in den Schatten bewegte. „Wir werden dir nichts tun, dafür sorge ich schon“, sagte die Stimme mit einer fast beiläufigen Gelassenheit, die den alten Mann dennoch frösteln ließ. „Aber die kleine süße Anna... An ihren Rundungen wird selbst die stumpfeste Klinge wieder scharf... Für die kann ich nicht garantieren und es wäre ja schade, wenn ihr etwas passieren würde. “

Die Drohung hing schwer in der Luft, und der alte Mann spürte, wie sich sein Herzschlag beschleunigte. Die Erwähnung von Anna ließ eine Welle von Schutzinstinkt und Sorge in ihm aufsteigen. Er wusste, dass er einen Weg finden musste, um sie zu schützen.

„Ihr werdet ihr kein Haar krümmen“, sagte der alte Mann mit fester Stimme in die Dunkelheit hinein. Seine Worte waren wie ein Versprechen, das in der stillen, angespannten Luft hing. Die Dunkelheit schien für einen Moment zu atmen, bevor eine spöttische Stimme aus den Schatten antwortete: „Du weißt, mein alter Freund, die Vögel zwitschern unablässig.“ Die Worte waren von einer hinterhältigen Gelassenheit durchzogen, die den alten Mann frösteln ließ.

In diesem Augenblick schloss sich die Tür der Wohneinheit mit einem leisen, aber endgültigen Klicken. Die plötzliche Helligkeit der Glühbirnen, die mit einem Summen zum

Leben erwachten, vertrieb die Dunkelheit und enthüllte die karge Einrichtung des Raumes. Der alte Mann blinzelte gegen das grelle Licht, seine Augen suchten die Quelle der Stimme, die ihm so vertraut und nun doch so fremd erschien.

Der alte Mann war allein in seiner bescheidenen Wohneinheit, umgeben von den vertrauten Schatten der Nacht. Die Stille war nur durch das leise Ticken einer alten Uhr unterbrochen, die die Sekunden zählte, während er hastig die wichtigsten Dinge zusammensuchte. Mit zitternden Händen packte er ein paar persönliche Gegenstände, die ihm am Herzen lagen, und verstaute sie sorgfältig in einer abgenutzten Ledertasche. Ein letzter, prüfender Blick durch den Raum, der ihm so lange ein Zuhause gewesen war, und er wusste, dass es Zeit war zu gehen. Ohne einen Laut zu machen, öffnete er die Tür und trat hinaus in die kühle, umhüllende Dunkelheit der Nacht. Die Straßen waren still, und der Mond warf ein sanftes Licht auf seinen Weg, als er in der Anonymität der Nacht verschwand.

Der Morgen dämmerte, und die ersten Sonnenstrahlen fielen durch die hohen Fenster des Archivs, als Anna mit ihrem

Gesicht in einem aufgeschlagenen Buch erwachte. Sie blinzelte verschlafen und richtete sich langsam auf, während die Erkenntnis durchsickerte, dass sie die ganze Nacht über inmitten der alten, staubigen Regale verbracht hatte. Trotz ihrer intensiven Suche war sie auf keine neuen Informationen gestoßen, und ein Gefühl der Enttäuschung machte sich in ihr breit.

Mit einem leisen Seufzen beschloss sie, schnell und unauffällig nach Hause zu gehen. Der Gedanke, dass jemand sie in dieser misslichen Lage entdecken könnte, war ihr äußerst unangenehm. Sie sammelte ihre Sachen zusammen, warf einen letzten Blick auf die verstreuten Bücher und schlich sich leise aus dem Gebäude. Die Straßen waren noch ruhig, und sie nutzte die Gelegenheit, um ungesehen in ihre Wohneinheit zu gelangen.

Als sie die Tür hinter sich schloss und sich endlich in der Sicherheit ihres Zuhauses wähnte, fiel ihr Blick auf etwas Unerwartetes. Auf ihrem Tisch stand eine kleine Schatulle, die sie noch nie zuvor gesehen hatte. Neugier und leichte Besorgnis stiegen in ihr auf, als sie nähertrat. Auf der Schatulle lag ein Brief, dessen Umschlag mit ihrem Namen versehen war. Annas Herz schlug schneller, während sie sich fragte, wer ihr diese mysteriöse Nachricht hinterlassen hatte und was sie wohl enthalten mochte.

Anna öffnete den Brief mit zitternden Fingern, unsicher, was sie erwarten würde. Die Worte auf dem Papier waren in einer zittrigen Handschrift verfasst, die von Eile oder vielleicht von Emotionen zeugte. Während sie die Zeilen las, spürte sie ein Wechselbad der Gefühle. Der Verfasser entschuldigte sich aufrichtig und erklärte, dass alles, was sie wissen müsse, in der kleinen Schatulle zu finden sei. Ihre Gespräche, so schrieb er, seien für ihn eine willkommene Abwechslung gewesen, ein Lichtblick in seinem Alltag. Doch nun sei ein alter Freund in sein Leben getreten, jemand, um den er sich kümmern müsse. Anna spürte eine Mischung aus Bedauern und Verständnis. Sie fragte sich, welche Geheimnisse die Schatulle wohl bergen mochte und welche Rolle sie in der Geschichte dieses mysteriösen Freundes spielte. Mit einem tiefen Atemzug legte sie den Brief beiseite und wandte sich der Schatulle zu, bereit, die Antworten zu entdecken, die darin verborgen lagen.

Anna betrachtete die Schatulle mit einer Mischung aus Neugier und Ehrfurcht. Sie war aus dunklem, poliertem Holz gefertigt, das im sanften Morgenlicht schimmerte. Die Ecken waren mit feinen Messingbeschlägen verstärkt, die im Laufe der Zeit eine leichte Patina angenommen hatten, was der Schatulle eine gewisse Antike verlieh. Auf dem Deckel war ein kunstvoll geschnitztes Muster zu sehen, das an verschlungene Ranken und Blätter erinnerte, als ob die Natur selbst ihre Spuren hinterlassen hätte. Ein kleiner, filigraner Verschluss der wie eine Eule aussah, hielt die Schatulle sicher verschlossen.

Mit Bedacht öffnete Anna den Verschluss und hob den Deckel an. Im Inneren lag ein Buch, dessen Ledereinband abgenutzt und von der Zeit gezeichnet war. Daneben ruhte eine lange, weiße Feder, die so makellos war, dass sie fast unwirklich schien. Schließlich entdeckte sie ein Foto von Nimh, das ihr Herz einen Moment lang schneller schlagen ließ. Die Erkenntnis traf sie wie ein Blitz: Der alte Mann, von dem sie so viel gehört hatte, war hier gewesen. Alles ergab plötzlich einen Sinn, und Anna spürte, dass sie einem Geheimnis auf der Spur war, das größer war, als sie es sich je hätte vorstellen können.

Anna setzte sich behutsam hin, das Herz klopfend vor Aufregung und Unglauben. Mit zitternden Händen öffnete sie das Buch, und die ersten Worte, die sie las, lauteten: "Tagebuch von Danny." Anna hielt inne und ließ den Moment auf sich wirken. Die Luft schien still zu stehen, während sie die Bedeutung dessen, was sie in den Händen hielt, verarbeitete. Dieses Tagebuch war nicht nur ein Relikt der Vergangenheit, sondern ein lebendiges Zeugnis von Dannys Gedanken und Erlebnissen. Sie fragte sich, welche Geheimnisse und Geschichten zwischen den vergilbten Seiten verborgen lagen. War es möglich, dass die Antworten, die sie so verzweifelt gesucht hatte, hier niedergeschrieben waren? Die Vorstellung, dass sie bald mehr wissen würde, ließ ihre Neugier ins Unermessliche steigen. Ein Schauer lief ihr über den Rücken, als sie realisierte, dass sie tatsächlich Dannys Tagebuch in den Händen hielt. Dieses Buch, das so viele Geheimnisse und Antworten in sich barg, könnte endlich Licht in die Fragen bringen, die sie seit so langer Zeit beschäftigten.

Die Seiten waren vergilbt und trugen die Spuren der Jahre, doch die Worte darauf waren klar und deutlich. Anna spürte eine Mischung aus Ehrfurcht und Neugier, während sie die ersten Einträge überflog. Jeder Satz schien ein Puzzlestück zu sein, das sich langsam zu einem größeren Bild zusammenfügte. Sie wusste, dass sie auf etwas Bedeutendes gestoßen war, etwas, das ihr helfen würde, die Vergangenheit zu verstehen und die Geheimnisse zu lüften, die sie umgaben.

Mit einem tiefen Atemzug begann sie, die Seiten eingehend zu studieren, bereit, die Geschichten und Wahrheiten zu entdecken, die Danny hinterlassen hatte.

Während Anna las, fühlte sie sich, als würde sie in eine andere Zeit und an einen anderen Ort versetzt. Die Worte auf den Seiten malten lebendige Bilder in ihrem Kopf, und sie konnte fast die Stimme von Danny hören, die ihr seine Geschichte erzählte. Jeder Eintrag war ein Fenster in seine Welt, gefüllt mit Emotionen, Hoffnungen und Ängsten. Anna erkannte, dass sie nicht nur die Vergangenheit eines Mannes entdeckte, sondern auch die Verbindungen zu ihrer eigenen Geschichte. Die Geheimnisse, die sie zu lüften hoffte, waren vielleicht näher mit ihrem eigenen Leben verwoben, als sie es je für möglich gehalten hätte.

Kapitel 8

Die Fahrzeuge setzten sich langsam in Bewegung, ein Konvoi aus alten, umgebauten Bussen, die in ihrer Vergangenheit wohl schon viele Geschichten erlebt hatten. Ihre Karosserien waren von der Zeit gezeichnet, doch sie strahlten eine robuste Zuverlässigkeit aus. Die Fenster waren mit feinmaschigen Metallgittern verstärkt, die im Sonnenlicht glitzerten und den Insassen ein Gefühl von Sicherheit vermittelten.

Zu Beginn der Reise erstreckte sich eine üppige, grüne Landschaft vor ihnen, die von sanften Hügeln und kleinen, einladenden Wäldern durchzogen war. Die Bäume standen dicht beieinander, ihre Blätter raschelten leise im Wind und warfen tanzende Schatten auf den Boden. Doch je weiter die Busse fuhren, desto mehr veränderte sich die Szenerie. Die lebendige Vegetation wich allmählich einer kargen, düsteren Umgebung. Die Bäume wurden seltener und ihre Äste wirkten wie knorrige Finger, die in den

Himmel ragten.

Nach einigen Kilometern war die einst satte Landschaft kaum wiederzuerkennen. Der Boden war trocken und rissig, und die Luft schien schwerer zu werden. Die Farben verblassten, bis sie schließlich einer endlosen Wüste glich, die sich bis zum Horizont erstreckte. Die Sonne brannte gnadenlos vom Himmel herab, und die Hitze flimmerte über dem Sand, während die Busse unermüdlich ihren Weg fortsetzten.

In einem alten, klapprigen Bus, dessen Sitze schon bessere Tage gesehen hatten, saßen Danny und Joker nebeneinander. Der Motor brummte leise, während der Bus über die holprige Landstraße fuhr. Die Sonne warf warme Strahlen durch die staubigen Fenster und tanzte auf den Gesichtern der beiden Freunde. Vor ihnen, nur wenige Meter entfernt, fuhren die Vögel. Der Jeep wirbelte Staub auf, der in der Luft schwebte und sich langsam auf die Windschutzscheibe des Busses legte. Danny und Joker tauschten einen wissenden Blick aus, ihre Augen funkelten vor Aufregung und Neugier. Was wohl die Vögel vorhatten? Die Spannung im Bus war fast greifbar, als sie dem Jeep folgten, der sie in ein neues, unbekanntes Leben zu führen schien.

Langsam senkte sich der samtige Schleier der Nacht über die endlose Weite der Wüste, während der Konvoi allmählich zum Stillstand kam. Die letzten Strahlen der untergehenden Sonne malten den Himmel in ein tiefes Orange, das sich allmählich in ein mystisches Violett verwandelte. Der warme Wüstenwind trug den Duft von Sand und Freiheit mit sich, als Adler aus dem Jeep stieg. Mit einer ruhigen, aber bestimmten Geste deutete er an, dass dies der Ort war, an dem sie für die Nacht ihr Lager aufschlagen würden. Die Stille der Wüste wurde nur von dem leisen Knistern des abkühlenden Metalls der Fahrzeuge unterbrochen, während die ersten Sterne am Himmel zu funkeln begannen. Es war ein Ort der Ruhe und des Innehaltens, ein Ort, an dem die Reisenden für einen Moment die Unendlichkeit der Wüste in sich aufnehmen konnten.

Adler trat in die Mitte des Lagers, seine Silhouette zeichnete sich scharf gegen den sternenübersäten Himmel ab. Mit einer Stimme, autoritär, die keinen Widerspruch zu ließ rief er: „Ich brauche erfahrene Freiwillige, die die Nacht über unser Lager patrouillieren. Die Schichten werden im Zwei-Stunden-Takt gewechselt. Ich brauche zwölf Mann, aufgeteilt in sechs Teams – immer drei Teams sind unterwegs." Seine Worte hallten in der kühlen Nachtluft wider, während die anderen Mitglieder der Gruppe, die Vögel, nach und nach aus dem Jeep stiegen. Sie bewegten sich mit der Gelassenheit von Menschen, die solche Situationen gewohnt waren, und begannen routiniert, ihr Nachtlager vorzubereiten. Zelte wurden aufgeschlagen, Schlafsäcke ausgerollt und ein kleines Feuer entzündet, dessen Flammen in der Dunkelheit tanzten und ein warmes, einladendes Licht spendeten. Die Atmosphäre war von einer Mischung aus Kameradschaft und Wachsamkeit geprägt, während sich die Freiwilligen meldeten und sich auf ihre nächtliche Aufgabe vorbereiteten.

Danny stand am Rande des Lagers, die kühle Nachtluft strich über sein Gesicht, in Gedanken versunken. Die Frage, ob er sich freiwillig melden sollte, kreiste in seinem Kopf. Er spürte das Gewicht der Verantwortung und die Aufregung, die mit der Patrouille in der Dunkelheit einherging. Doch bevor er zu einer Entscheidung kommen konnte, durchbrach Jocker mit seiner typischen, ungestümen Art die Stille. Mit einem breiten Grinsen auf den Lippen und einer Stimme, die keine Widerrede duldete, rief er laut: „Danny und Jocker melden sich zum Dienst!“ Die Worte hallten über das Lager und zogen die Aufmerksamkeit der Anderen auf sich. Danny konnte nicht anders, als ein Lächeln zu erzwingen. Joker hatte ihm die Entscheidung abgenommen. Er war überrascht und kochte innerlich vor Wut. Die beiden Freunde tauschten einen kurzen Blick aus, der gesprochene Worte überflüssig machte.

Adler trat mit einem anerkennenden Nicken auf die beiden zu. „Gut, Jungs, ihr seid Trupp 2 von der zweiten Schicht. Geht zum Jeep, holt euch die Ausrüstung ab und dann ab ins Bett, damit ihr ausgeruht seid,“ sagte er mit einer ermutigenden Stimme.

Auf dem Weg zum Jeep, in der Dunkelheit der Wüstennacht, konnte Danny seine Frustration nicht länger zurückhalten. Er drehte sich zu Joker um und fauchte leise: „Wie konntest du nur? Wir zwei? Du eine Nachtwache und ich ein Funker. In einer Gefahrensituation sind wir die Ersten, die draufgehen.“

Joker, der immer ein Lächeln auf den Lippen hatte, antwortete mit einem amüsierten Funkeln in den Augen: „Ich wollte einfach dabei sein, und wenn etwas passiert, brauche ich jemanden, der einen ordentlichen Notruf absetzen kann. Also, lass dir ein paar Eier wachsen und stell dich nicht so an."

Trotz der Neckerei spürte Danny, dass Joker ihm vertraute und auf seine Fähigkeiten zählte. Durch diese Erkenntnis ließ seine Anspannung ein wenig nach, während sie gemeinsam zum Jeep gingen, um sich auf die bevorstehende Nacht vorzubereiten.

Als Danny schließlich in seinem Schlafsack lag, umhüllt von der kühlen Nachtluft und dem leisen Rascheln des Wüstensandes, fiel ihm auf, dass er Nimh seit ihrer flüchtigen Verabschiedung in der schmalen Gasse nicht mehr gesehen hatte. Ihre Abwesenheit ließ seine Gedanken unweigerlich zu ihr wandern. Er erinnerte sich an ihre anmutigen Beine, die mit jedem Schritt eine elegante Stärke ausstrahlten, und an ihre vollen Lippen, die ein geheimnisvolles Lächeln verbargen. Ihre Hände, zart und doch kraftvoll, hatten seine mit einer Wärme umschlossen, die ihm noch immer in Erinnerung blieb. Diese Gedanken ließen sein Herz schneller schlagen und sein Blut in Wallung geraten. Die Vorstellung von ihr war so lebendig, dass an Schlaf nicht mehr zu denken war. Stattdessen lag er wach, während die Sterne über ihm funkelten, und ließ sich von der Erinnerung an Nimh in eine Welt voller Sehnsucht und unerfüllter Träume entführen.

„Aufwachen, Jungs, Schichtwechsel!" rief ein anderer Freiwilliger, während er Danny und Joker unsanft aus dem Schlaf rüttelte. Joker setzte sich verschlafen auf, rieb sich die Augen und murmelte: „Warum jetzt? Ich habe gerade von einem heißen Date geträumt." Als er seinen Blick zu Danny wandte, brach er in schallendes Gelächter aus. „Du anscheinend auch," sagte er mit einem schelmischen Grinsen und deutete auf Dannys Schritt. Danny, der sich schnell der Situation bewusst wurde, errötete leicht und schnaubte: „Das geht dich nichts an! Und bei dir ist das auch immer so, wenn du wach wirst." Die beiden tauschten einen amüsierten Blick aus, während sie sich aus ihren Schlafsäcken schälten und sich auf die bevorstehende Schicht vorbereiteten. Trotz der Müdigkeit und der kühlen Nachtluft war die Stimmung zwischen ihnen locker und gelöst.

Die Nacht war still, abgesehen vom gelegentlichen Rascheln der Blätter im Wind, als Danny und Joker ihre angewiesene Strecke abgingen. Ihre Schritte waren leise, die Waffen im Anschlag, bereit für alles, was die Dunkelheit verbergen mochte. Die

Landschaft um sie herum war spärlich bewachsen, mit ein paar vereinzelten Bäumen und dornigem Gestrüpp, das im schwachen Mondlicht gespenstische Schatten warf.

Plötzlich durchbrach ein leises Grollen die Stille, ein Geräusch, das ihnen einen Schauer über den Rücken jagte. Nur wenige Meter vor ihnen, halb verborgen im Schatten eines knorrigen Baumes, stand eine der Kreaturen, die sie nur zu gut kannten. Sie war eine unheimliche Mischung aus einer Katze und einem Bären, mit geschmeidigen Bewegungen und einer bedrohlichen Präsenz. Ihre Haut schimmerte im Mondlicht, und ihre Augen waren schmale Schlitze, die in der Dunkelheit rot funkelten.

Die Kreatur hatte die beiden noch nicht bemerkt, und für einen Moment hielten Danny und Joker den Atem an, ihre Herzen schlugen schneller. Sie tauschten einen schnellen, wortlosen Blick aus, jeder von ihnen wusste, dass sie jetzt leise und vorsichtig handeln mussten. Die Spannung in der Luft war greifbar, während sie überlegten, wie sie mit dieser unerwarteten Begegnung umgehen sollten.

Bevor Danny und Joker reagieren konnten, wurden sie plötzlich von einer Gestalt, die aus der Dunkelheit herabstürzte, in den sandigen Boden gedrückt. Eine Hand legte sich fest über ihre Münder, um jeden Laut zu ersticken. „Psst, leise," flüsterte eine vertraute weibliche Stimme. Danny erkannte sie sofort – es war Nimh. Erstaunt fragte er sich, wo sie so plötzlich hergekommen war und wie sie es geschafft hatte, die beiden ohne Anstrengung zu überwältigen.

Nimh warf einen schnellen Blick auf die Kreatur, die noch immer nichts von ihrer Anwesenheit ahnte. „Sieht sie nicht wunderbar aus?" flüsterte sie mit einem Hauch von Bewunderung in der Stimme. „Ein Späher. Er sucht nach uns, um den Rest herzuführen. Wir dürfen ihn nicht entkommen lassen." Ihre Stimme war ruhig und bestimmt, und Danny spürte, wie seine anfängliche Überraschung in Bewunderung umschlug.

„Bleibt liegen, ich mach das schon," fügte Nimh hinzu, während sie sich lautlos erhob, ihre Bewegungen geschmeidig und präzise. Danny und Joker blieben flach auf dem Boden liegen, ihre Herzen schlugen schnell, während sie Nimh beobachteten. Sie bewegte sich mit der Anmut einer Jägerin, die genau wusste, was zu tun war.

Geschmeidig und präzise, wie eine jagende Löwin schlich Nimh sich an die Kreatur heran. Mit einem kraftvollen Sprung glitt sie unter der Kreatur hindurch, ihr Schwert in die Höhe gerichtet. Nur mit einem einzigen, fließenden Schnitt erlegte sie die Kreatur. Das Blut spritzte in alle Richtungen, und die Eingeweide der Kreatur fielen schwer zu Boden. Darauf folgte eine elegante Bewegung mit der Nimh das Blut von ihrer Klinge abschüttelte, während die Kreatur hinter ihr mit einem letzten, leisen Grollen in sich zusammenbrach. Ihre Augen funkelten im Mondlicht, und für einen Moment schien die Zeit stillzustehen, während Danny und Joker voller Ehrfurcht zusahen. Sie hatte nicht nur ihre Stärke und Geschicklichkeit bewiesen, sondern auch ihre Entschlossenheit, die Bedrohung zu beseitigen, die über ihnen schwebte.

Zum ersten Mal konnte Danny einen klaren Blick auf Nimhs Augen werfen. Sie waren von einem tiefen Lila, das im Mondlicht eine fast magische Aura ausstrahlte. Noch nie zuvor hatte Danny solch schöne Augen gesehen, und er war für einen Moment völlig gefangen von ihrem Anblick. Diese Augen schienen perfekt zu Nimh zu passen, voller

Geheimnisse und Stärke, die sie umgaben. In diesem Augenblick wurde ihm klar, dass Nimh nicht nur eine beeindruckende Kämpferin war, sondern auch eine faszinierende Persönlichkeit, die ihn immer mehr in ihren Bann zog.

Doch der Augenblick war viel zu kurz, und bevor Danny es richtig realisieren konnte, hatte Nimh die Kapuze wieder tief ins Gesicht gezogen. Ihre Augen verschwanden im Schatten, und die geheimnisvolle Aura um sie herum kehrte zurück. „Los, Danny," sagte sie bestimmt, „funk den Adler an und schildere ihm die Situation."

Danny nickte, riss sich aus seiner Faszination und griff nach dem Funkgerät. Er wusste, dass es jetzt keine Zeit zu verlieren gab. Mit schnellen Fingern stellte er die Verbindung her und begann, die Ereignisse der letzten Minuten an den Adler zu übermitteln. Während Danny ins Funkgerät sprach, war er sich der Nähe von Nimh sehr bewusst. Ihre Präsenz war fast greifbar, und er spürte, wie ihm heiß wurde, was es ihm schwer machte, sich zu konzentrieren. Er kämpfte darum, seine Gedanken zu ordnen und die richtigen Worte zu finden, während er die Situation an den Adler schilderte. Aus den Augenwinkeln bemerkte er, wie sich Nimhs Lippen zu einem verschmitzten Lächeln formten. Es war, als ob sie genau wusste, welche Wirkung sie auf ihn hatte, und es amüsierte sie ein wenig.

Joker bemerkte Dannys Nervosität und konnte sich einen hämischen Kommentar nicht verkneifen. „Brauchst du ein Taschentuch oder schon eine frische Hose?“ flüsterte er leise mit einem spöttischen Grinsen. „Soll ich euch kurz allein lassen, oder ziehst du eh wieder nur den Schwanz ein?“ Danny warf ihm einen genervten Blick zu, versuchte aber, sich nicht aus der Ruhe bringen zu lassen. Er wusste, dass Joker ihn nur aufziehen wollte, und konzentrierte sich darauf, seine Nachricht an den Adler zu beenden.

Der Adler wollte dann noch kurz mit Nimh sprechen. Obwohl Danny und Joker nicht verstehen konnten, was er zu ihr sagte, beobachteten sie, wie Nimh aufmerksam zuhörte und schließlich mit einem knappen „verstanden.“ Antwortete. Sie wandte sich an Danny und Joker: „So, Jungs, ich muss los. Beendet eure Schicht planmäßig und lasst euch nicht töten.“ Mit diesen Worten verschwand Nimh schneller, als es möglich schien, in die Dunkelheit. Zurück blieben Danny und Joker, die sich einen Moment lang fragten, wie jemand so schnell und lautlos verschwinden konnte. Doch sie wussten, dass sie sich jetzt auf ihre eigene Aufgabe konzentrieren mussten, entschlossen, Nimhs Rat zu befolgen und die Nacht sicher zu überstehen.

Die restliche Schicht verlief ruhig, und als es an der Zeit war, kehrten Danny und Joker ins Lager zurück, um ihre Ablöse zu wecken und selbst noch etwas Schlaf zu finden. Im Schlafsack liegend, konnte Danny nicht anders, als an Nimh zu denken. Ihre tiefen, lila Augen und die geschmeidigen Bewegungen spielten sich in Zeitlupe in seinem Kopf ab, fast wie ein Film in Dauerschleife.

Plötzlich wurde er aus seiner Fantasie gerissen, als ein rhythmisches Rascheln seine Aufmerksamkeit erregte. Ein kurzes, leises Stöhnen folgte, und dann hörte er Jokers Stimme, die durch die Dunkelheit drang: „Danny, hast du mal ein Taschentuch?“ Danny seufzte leise, schüttelte den Kopf und reichte Joker ein Taschentuch, während er versuchte, die Gedanken an Nimh beiseitezuschieben und etwas Schlaf zu finden.

Kapitel 9

Anna saß in ihrem gemütlichen Lesesessel, umgeben von einem sanften Licht, das durch das Fenster fiel und die Seiten des alten Tagebuchs in ihren Händen erhellte. Die Worte auf den vergilbten Seiten zogen sie in eine andere Welt, eine Welt voller Geheimnisse und längst vergangener Geschichten. Sie konnte die Emotionen und Gedanken der Person, die diese Zeilen einst geschrieben hatte, fast spüren. Doch plötzlich wurde ihre Konzentration von einem lauten Knurren unterbrochen, das aus ihrem Magen kam und sie abrupt aus dem Lesefluss riss.

Mit einem Seufzen legte Anna das Tagebuch behutsam auf den kleinen Tisch neben sich und streckte sich. Ihr Magen erinnerte sie daran, dass sie nicht mal Frühstück gegessen hatte und es an der Zeit war, sich ein Mittagessen zuzubereiten. In der Küche angekommen, öffnete sie den Kühlschrank und überlegte, was sie sich gönnen könnte.

Die frischen Zutaten, die sie am Vortag auf dem Markt gekauft hatte, boten eine Vielzahl von Möglichkeiten.

Anna entschied sich für ein einfaches, aber köstliches Gericht: Ein frischer Salat mit knackigem Gemüse, garniert mit einem Spritzer Zitrone und etwas Olivenöl. Während sie die Zutaten schnitt und den Salat anrichtete, dachte sie immer wieder an die faszinierenden Geschichten im Tagebuch. Sie fragte sich, welche Geheimnisse noch darauf warteten, von ihr entdeckt zu werden. Mit einem zufriedenen Lächeln setzte sie sich schließlich an den Küchentisch, genoss ihr Mittagessen und freute sich darauf, bald wieder in die Welt des Tagebuchs eintauchen zu können.

Anna lehnte sich zurück und ließ ihren Blick aus dem Fenster schweifen. Draußen tanzten die Sonnenstrahlen auf den Blättern der Bäume, und ein sanfter Wind ließ die Zweige leicht hin und her wiegen. Während sie die friedliche Szenerie betrachtete, gingen ihr die Erzählungen des alten Mannes und die faszinierenden Geschichten aus dem Tagebuch noch einmal durch den Kopf. Die Worte hatten eine tiefe Seite in ihr berührt, und sie spürte, wie die Geschichten in ihrem Inneren nachhallten.

Nach dem Essen stand Anna auf und begann, ihr Geschirr wegzuräumen. Sie spülte den Teller und das Besteck sorgfältig ab, während ihre Gedanken immer wieder zu den geheimnisvollen Erlebnissen des alten Mannes zurückkehrten. Die Erzählungen hatten etwas Magisches an sich, etwas, das sie nicht loslassen konnte. Sie fragte sich, welche Abenteuer er wohl noch erlebt hatte und welche Weisheiten er in seinem Leben gesammelt hatte.

Die Küche war aufgeräumt, nun fühlte sie sich bereit, wieder in die Welt des Tagebuchs einzutauchen. Mit Vorfreude kehrte sie zu ihrem Lesesessel zurück, nahm das Tagebuch in die Hand und öffnete es an der Stelle, an der sie zuletzt gelesen hatte. Die Einträge warteten darauf, weiterentdeckt zu werden, und Anna war bereit, sich erneut von ihnen fesseln zu lassen.

Die folgenden fünf Tage und Nächte zogen in einem gleichmäßigen Rhythmus dahin, fast wie ein gut eingespieltes Uhrwerk. Tagsüber setzte sich der Konvoi gemächlich in Bewegung, die Fahrzeuge rollten über staubige Straßen, während die Sonne unermüdlich vom Himmel brannte. Die Landschaft zog in einem monotonen, aber dennoch beruhigenden Wechselspiel aus Hügeln und Ebenen an ihnen vorbei. Jeder im Konvoi hatte seine Aufgabe, und alle arbeiteten Hand in Hand, um das gemeinsame Ziel zu erreichen.

Nachts, wenn die Dunkelheit die Umgebung in einen Mantel der Stille hüllte, schlugen sie ihr Lager auf. Die Fahrzeuge wurden in einem schützenden Kreis geparkt, und die Männer und Frauen des Konvois fanden ein wenig Ruhe und Erholung. Die Luft kühlte ab, und das Knistern der Lagerfeuer bot eine willkommene Abwechslung zur Stille der Nacht.

Danny und Joker setzten ihren Patrouillendienst fort, stets wachsam und bereit, die Sicherheit des Lagers zu gewährleisten. Sie durchstreiften die Umgebung, ihre Schritte leise und bedacht, während sie die Schatten nach möglichen Gefahren absuchten. Doch bis auf ein paar vereinzelte Späher, die sich in der Ferne zeigten blieben die Nächte ruhig und friedlich.

Die beiden Männer fanden Trost in der Routine ihrer Aufgaben, und obwohl die Tage und Nächte sich ähnelten, wussten sie, in diesen stillen Stunden der Nacht, unter dem weiten Sternenhimmel, dass jeder Tag sie ihrem Ziel ein Stück näher brachte.

Erst jetzt fiel Danny auf, dass er Sir Edmund, seit ihrer Abreise nicht mehr gesehen hatte. Die Erkenntnis traf ihn unerwartet, wie ein plötzlicher Windstoß, der die Stille der Nacht durchbricht. Er erinnerte sich an Sir Edmunds markante Stimme und seine entschlossene Art, die ihm immer ein Gefühl von Sicherheit gegeben hatte. Doch nun war der charismatische Anführer wie vom Erdboden verschluckt. Danny fragte sich, ob Sir Edmund sich vielleicht in einem der hinteren Fahrzeuge aufhielt oder ob er eine andere Aufgabe übernommen hatte, die ihn aus dem Blickfeld der Anderen hielt. Während er darüber nachdachte, wurde ihm auch bewusst, dass der Konvoi insgesamt viel weniger Menschen zu umfassen schien, als er ursprünglich angenommen hatte. Wenn überhaupt, war nur ein Drittel der erwarteten Anzahl an Personen tatsächlich anwesend. Diese Erkenntnis ließ ihn unruhig werden, und er fragte sich, ob es einen Grund für die reduzierte Anzahl gab. Hatte es vielleicht eine Änderung in den Plänen gegeben, von der er nichts wusste? Oder war es etwas anderes, etwas, das im Verborgenen lag?

Auch Nimh, die geheimnisvolle Frau mit den tiefen, lila Augen, hatte er seit jener Nacht auf Patrouille nicht mehr gesehen. Ihre Abwesenheit hinterließ eine spürbare Lücke, und er konnte nicht umhin, sich zu fragen, wo sie sich aufhielt und ob es ihr gut ging. Die Gedanken an sie ließen ihn nicht los, und er verspürte den Drang, Antworten auf seine Fragen zu finden. Inmitten der Routine und der scheinbaren Normalität des Konvois begann Danny, die Dinge mit wachsameren Augen zu betrachten, entschlossen, den Geheimnissen auf den Grund zu gehen, die sich um ihn herum zu ranken schienen.

Vorsichtig, jedoch mit einer Entschlossenheit, die ihn vorwärtstrieb, näherte sich Danny dem Jeep der Vögel. Die Nacht war still, nur das Knistern des Lagerfeuers durchbrach die Ruhe, während die Flammen tanzende Schatten auf die Umgebung warfen. Danny spürte, wie sein Herz ein wenig schneller schlug, als er sich Jack näherte, der am Feuer saß. Jack, ein Mann mit einem Gesicht, das Geschichten von vielen Jahren und Erfahrungen erzählte, sah ihn mit seinen älteren, durchdringenden Augen an. Diese Augen schienen im Rhythmus der Flammen zu flackern, neugierig und zugleich autoritär.

„Verzeihen Sie bitte," begann Danny, bemüht,

seine Stimme ruhig und respektvoll zu halten. Jack nickte leicht, ein Zeichen, dass er zuhörte, während er weiterhin den jungen Mann mit einem Blick musterte, der sowohl Weisheit als auch eine gewisse Strenge ausstrahlte.

„Was gibt es?“ fragte Jack schließlich, seine Stimme ruhig, aber mit einem Unterton, der deutlich machte, dass er keine Zeit für Belanglosigkeiten hatte. Danny wusste, dass dies der Moment war, um seine Fragen zu stellen, und er sammelte all seinen Mut, um die Antworten zu finden, die er suchte.

„Mir ist aufgefallen, dass es unmöglich ist, dass alle Überlebenden sich hier befinden,“ sagte Danny vorsichtig, während er Jacks Gesicht beobachtete. Jack schien für einen Moment innezuhalten, als ob er sich eine unsichtbare Maske aufsetzte, die seine wahren Gedanken verbarg. Seine Antwort kam ruhig und überlegt: „Wir haben euch in drei Gruppen eingeteilt, nicht nur aus organisatorischen Gründen, sondern jede Gruppe bekam eine andere Route. In der Vergangenheit stellte sich heraus, dass so mehr am Ziel ankamen, als in einem einzigen großen Konvoi.“

Jack hielt kurz inne, seine Augen fixierten

Danny mit einem durchdringenden Blick, der keine Widerrede duldete. „Gibt es sonst noch was, Kleiner?" fragte er, seine Stimme freundlich, aber mit einem klaren Unterton, der signalisierte, dass das Gespräch zu Ende war.

Danny schüttelte den Kopf und verneinte. Er spürte, dass es an der Zeit war, wieder seine Tätigkeit aufzunehmen. Während er sich vom Jeep entfernte, gingen ihm Jacks Worte noch einmal durch den Kopf. Die Erklärung klang logisch, doch irgendetwas ließ ihn nicht los. Trotzdem wusste er, dass er im Moment keine weiteren Fragen stellen konnte. Es war Zeit, sich wieder auf seine Aufgaben zu konzentrieren und die Informationen zu verarbeiten, die er gerade erhalten hatte.

Auf dem Weg zurück zu seinem Schlafplatz, noch in Gedanken versunken über das Gespräch mit Jack, wurde Danny plötzlich von einem kräftigen Ruck erfasst und in ein nahegelegenes Gebüsch gezogen. Der Überraschungsmoment raubte ihm den Atem, und bevor er auch nur einen Laut von sich geben konnte, spürte er eine Hand, die ihm fest den Mund zuhielt. Sein Herz schlug schneller, und für einen kurzen Moment war er von Panik ergriffen. Doch dann, als er sich an die Dunkelheit gewöhnt hatte, sah er in die lila strahlenden Augen, die ihm so vertraut vorkamen. Es war Nimh. Ihre Augen funkelten im schwachen Licht, und sie deutete ihm mit einem leisen „Pssst“, ruhig zu bleiben. Langsam ließ sie ihre Hand von seinem Mund gleiten, und Danny atmete tief durch, um sich zu beruhigen. Die plötzliche Begegnung war unerwartet, aber die Anwesenheit von Nimh, die er seit jener Nacht auf Patrouille nicht mehr gesehen hatte, weckte sowohl Neugier als auch Erleichterung in ihm.

„Ich muss dir etwas Wichtiges sagen,“ flüsterte Nimh, ihre Stimme kaum mehr als ein Hauch im Wind. Danny nickte, bereit, ihr zuzuhören und die Geheimnisse zu erfahren, die sie mit ihm teilen wollte.

Mit einer knappen Kopfbewegung deutete Nimh ihm, ihr zu folgen. Danny zögerte nicht und schlich hinter ihr her, während sie sich leise und geschickt durch die Dunkelheit bewegten. Die Geräusche des Lagers verklangen allmählich, und die flackernden Lagerfeuer wurden zu winzigen, kaum sichtbaren Punkten am Horizont der Wüste. Der Mond stand hoch am Himmel und tauchte die Umgebung in ein silbriges Licht, das ihnen den Weg wies. Schließlich erreichten sie ein kleines, provisorisches

Lager, das mit Decken ausgelegt war. Kein Feuer brannte dort, doch im sanften Schein des Mondes konnte Danny die Umrisse der Decken und einige wenige Habseligkeiten erkennen, die sorgfältig platziert waren. Es war ein stiller Ort, abgeschieden und fernab von den Anderen, und Danny spürte, dass Nimh ihn aus einem bestimmten Grund hierhergeführt hatte.

„Warum hast du mich hierhergebracht?“ fragte er leise, bemüht, die Stille der Nacht nicht zu stören. Nimh sah ihn an, ihre lila Augen funkelten geheimnisvoll im Mondlicht. „Es gibt Dinge, die du wissen musst,“ begann sie, ihre Stimme ernst und eindringlich. Danny spürte, dass das, was sie ihm zu sagen hatte, wichtig war.

Sanft umschlangen ihre langen, zarten Finger seine Hand, und sie setzten sich gemeinsam auf die Decken, die überraschend weich waren und ein Gefühl von Geborgenheit vermittelten. Nimh atmete tief durch, als ob sie sich auf das vorbereitete, was sie ihm gleich erzählen würde. Ihre Augen suchten den Blick von Danny, als sie fragte: „Warum hast du Jack wegen den Anderen gefragt?“ Danny zögerte einen Moment, unsicher, wie viel er preisgeben sollte. Doch Nimhs Anwesenheit und die stille Nacht um sie herum gaben ihm das Vertrauen, offen zu sprechen. „Es hat mich einfach beschäftigt," begann er leise. „Ich habe das Gefühl, dass nicht alles so ist, wie es scheint. Es gibt Lücken, Dinge, die nicht zusammenpassen. Und ich wollte wissen, ob Jack mehr darüber weiß." Er hielt inne, suchte nach den richtigen Worten. „Ich kann nicht genau sagen, warum, aber irgendetwas sagt mir, dass wir nicht die ganze Wahrheit kennen. Und ich dachte, Jack könnte mir helfen, ein klareres Bild zu bekommen." Nimh nickte langsam, als ob sie seine Gedanken nachvollziehen konnte. „Es ist gut, dass du Fragen stellst," sagte sie schließlich. „Manchmal sind die Antworten, die wir suchen, näher, als wir denken. Und manchmal müssen wir einfach den Mut haben, die richtigen Fragen zu stellen."

„Doch diese Fragen musst du für dich behalten," flüsterte Nimh eindringlich. „Gleich nachdem du mit Jack gesprochen hast, hat er mich auf dich angesetzt, um dich im Auge zu behalten. Bleibe unauffällig, denn Jack..." Mitten im Satz hielt sie plötzlich inne. Ihre Augen weiteten sich, und ihr Blick wanderte aufmerksam durch die Umgebung, wie die einer Jägerin, die eine potenzielle Bedrohung wittert. Danny spürte, wie sich die

Spannung in der Luft verdichtete. Er folgte ihrem Blick, konnte jedoch nichts Ungewöhnliches erkennen. Die Stille der Nacht schien plötzlich drückend, und er hielt unwillkürlich den Atem an, während er darauf wartete, dass Nimh etwas sagte oder tat. Nach einem Moment, der sich wie eine Ewigkeit anfühlte, entspannte sich Nimh ein wenig, obwohl ihre Wachsamkeit nicht ganz verschwand. „Wir müssen vorsichtig sein," flüsterte sie, ihre Stimme kaum mehr als ein Hauch.

„Es gibt hier draußen Dinge, bei denen sogar mir nichts anderes als die Flucht übrigbleibt," flüsterte Nimh, ihre Stimme ernst und eindringlich. In der Ferne war ein Geräusch zu hören, kaum mehr als ein Flüstern im Wind. Sofort sprang Nimh in die Hocke, ihre Augen suchten aufmerksam die Umgebung ab. Danny spürte, wie sein Herz schneller schlug, während er versuchte, das Geräusch ebenfalls zu lokalisieren. Plötzlich entspannte sich Nimh und ein breites Grinsen breitete sich auf ihrem Gesicht aus. „Wir bekommen Besuch," sagte sie leise, mit Erleichterung in ihrer Stimme. „Rühr dich nicht, sonst machst du sie nervös." Danny blieb regungslos sitzen, seine Neugier geweckt. Er vertraute darauf, dass Nimh wusste, was sie tat, und wartete gespannt darauf, wer oder was sich ihnen näherte. Die Nacht war still, abgesehen von dem leisen Rascheln in der Ferne, das allmählich näherkam. Es war ein Moment voller Erwartung, und Danny konnte nicht anders, als sich zu fragen, welche Überraschungen die Nacht noch für sie bereithielt.

Langsam erkannte Danny, dass sich etwas auf vier Beinen auf sie zubewegte. Sein Herz setzte einen Schlag aus, als ihm klar wurde, dass es eine von IHNEN war. Die Panik begann in ihm aufzusteigen, seine Gedanken rasten, und er fühlte sich wie gelähmt. Doch bevor die Angst ihn völlig überwältigen konnte, hörte er Nimhs beruhigende Stimme: „Beruhige dich, sie kann deine Angst riechen."

Nimh bewegte sich langsam und selbstbewusst auf die Bestie zu, ihre Haltung ruhig und gelassen. Danny beobachtete sie mit angehaltenem Atem, fasziniert von ihrer Furchtlosigkeit. Er versuchte, sich an ihren Worten festzuhalten, seine Atmung zu kontrollieren und die aufsteigende Panik zu unterdrücken. Die Bestie, die sich ihnen näherte, schien auf Nimhs Präsenz zu reagieren. Sie hielt inne, schnupperte in der Luft und beobachtete Nimh mit wachsamen Augen. Danny konnte kaum glauben, was er sah, als Nimh sich der Kreatur weiter näherte, ohne auch nur ein wenig Angst zu zeigen. Es war, als ob sie eine stille Verbindung mit dem Wesen einging, eine, die auf gegenseitigem Respekt und Vertrauen beruhte.

Nimh streckte ihre Hand nach der Bestie aus, die wie ein kahler Hund mit einem zu großen Maul und überproportionalen Muskeln aussah. „Das ist Tame," sagte Nimh mit einem sanften Lächeln, während die Bestie ihren Kopf vertrauensvoll in Nimhs Hand drückte. Danny beobachtete die Szene fasziniert und spürte, wie sich seine Anspannung allmählich löste.

Es war erstaunlich zu sehen, wie diese furchteinflößende Kreatur so zahm und friedlich auf Nimh reagierte. Ihre Verbindung schien tief zu sein, als ob sie einander schon lange kannten und vertrauten. Danny konnte nicht anders, als sich zu fragen, welche Geschichten und Erlebnisse hinter dieser ungewöhnlichen Freundschaft steckten.

„Tame ist nicht so gefährlich, wie sie aussieht," erklärte Nimh, während sie die Bestie sanft kraulte. „Sie ist eine treue Begleiterin und hat mir schon oft geholfen." Danny nickte, beeindruckt von der Ruhe und dem Vertrauen, das Nimh ausstrahlte. Er wusste, dass er noch viel von ihr lernen konnte.

Tame begann, voller Freude um Nimh herumzuspringen, und Danny konnte nicht anders, als zu lächeln. Die zuvor so furchteinflößende Bestie zeigte eine verspielte und liebevolle Seite, die er nicht erwartet hatte. Plötzlich bemerkte er Bewegung im Schatten, und zu seiner Überraschung tapsten vier kleine Babys von Tame hervor.

Die Kleinen waren eine Miniaturversion ihrer Mutter, mit denselben kahlen Körpern und großen Augen, aber mit einem ungeschickten, tapsigen Gang, der sie unglaublich niedlich machte. Nimh lachte leise, als sie sich zu den Kleinen hinunterbeugte und sie sanft begrüßte. „Das sind Tames Babys," erklärte sie mit einem warmen Lächeln. „Sie sind noch jung und neugierig."

Danny beobachtete fasziniert, wie die kleinen Kreaturen um Nimh herumwuselten, ihre Neugierde und Energie war ansteckend. Es war ein unerwarteter, aber willkommener Moment der Freude und Unbeschwertheit inmitten der Unsicherheiten, die sie umgaben. In diesem Augenblick fühlte sich die Welt ein wenig heller und hoffnungsvoller an.

Tame, ihre Babys und Nimh spielten miteinander, als wären sie die gleiche Spezies, voller Freude und Unbeschwertheit. Danny stand abseits und beobachtete die Szene mit einem Lächeln, fasziniert von der Harmonie zwischen ihnen. Es war ein Moment, der die Grenzen zwischen den Arten verschwimmen ließ und pure Freude ausstrahlte.

Plötzlich änderte sich die Dynamik, als die kleinen Babys von Tame ihre Aufmerksamkeit auf Danny richteten. Mit einem verspielten Funkeln in den Augen rannten sie auf ihn zu und stürzten sich spielerisch auf ihn. Überrascht, aber erfreut ließ Danny sich auf den Boden fallen und lachte, während die Kleinen um ihn herumtollten.

Er spürte, wie ihre ungestüme Energie und Neugierde ihn ansteckten, und er begann, mit ihnen zu spielen, ihre tapsigen Bewegungen erwidernd. In diesem Moment fühlte er sich als Teil dieser ungewöhnlichen Familie, die ihn mit offenen Armen aufgenommen hatte. Es war ein unerwarteter, aber willkommener Augenblick der Verbundenheit und des Glücks.

Plötzlich hielten Tame und Nimh inne, ihre Körper angespannt und ihre Blicke wachsam in die Dunkelheit gerichtet. Die fröhliche Stimmung war wie weggeblasen, ersetzt durch eine gespannte Stille. Nimh sprach leise mit Tame in einer unbekannten Sprache, und ohne zu zögern, rief Tame ihre Jungen zu sich. Gemeinsam verschwanden sie schnell und lautlos in der Dunkelheit. „Ich habe ihr gesagt, dass sie verschwinden soll," erklärte Nimh mit ernster Stimme, während sie weiterhin die Umgebung absuchte. „Einige Devs sind in der Gegend." Danny schaute Nimh verwirrt an, die Bedeutung ihrer Worte noch nicht ganz erfassend. „Devs?" fragte er, seine Stimme unsicher. Nimh nickte, ihre Augen blieben wachsam.

„Devorator populi, kurz Dev. So heißen SIE. Wusstest du das nicht?" fragte Nimh mit einem ernsten Blick zu Danny gewandt. Danny schüttelte den Kopf, seine Verwirrung war offensichtlich. „Nein, das wusste ich nicht," gestand er, während er versuchte, die Bedeutung ihrer Worte zu erfassen.

Nimh nickte, als ob sie seine Antwort erwartet hätte.

„Es werden immer mehr, wir müssen sofort los und Alarm schlagen," sagte Nimh mit Nachdruck, während sie sich umdrehte und den Weg zurück ins Hauptlager einschlug. Danny folgte ihr, ohne zu zögern, und wusste, dass keine Zeit zu verlieren war. Auf dem Weg zog Nimh schnell ihre Brille über die Augen, ein Zeichen dafür, dass sie sich auf mögliche Gefahren vorbereitete. Danny fragte sich, ob die Brille eine spezielle Funktion hatte, die ihr half, besser zu sehen oder sich zu schützen. Die Dunkelheit um sie herum schien dichter zu werden, und er konnte das Adrenalin in seinen Adern spüren, während sie sich ihren Weg durch die unheimliche Umgebung bahnten. Jeder Schritt fühlte sich bedeutend an, und Danny war bewusst, dass sie so schnell wie möglich sein mussten, um die Anderen zu warnen. Die Bedrohung durch die Devs war real und nah, und er war entschlossen, alles zu tun, um zu helfen.

Im Lager angekommen, eilte Nimh sofort zu Jack, um ihm Bericht zu erstatten. Ihre Stimme war ernst und bestimmt, während sie die Situation erklärte. Danny hingegen machte sich auf den Weg zu Joker, um ihn zu wecken. Während er ging, fragte er sich, wie Nimh in der Dunkelheit überhaupt etwas sehen konnte. Danny erreichte Joker und rüttelte ihn wach. Joker, der offensichtlich nicht erfreut darüber war, aus dem Schlaf gerissen zu werden, stand mürrisch auf. Als er seinen Schlafsack ausschüttelte, fielen gefühlt 50 zusammengeknüllte Taschentücher heraus. Joker brach in herzhaftes Lachen aus, während Danny sich mit der Hand auf die Stirn schlug und den Kopf schüttelte. Trotz der ernsten Lage lag ein Schmunzeln auf seinen Lippen.

Kapitel 10

Anna konnte sich bei den letzten Zeilen ein Lachen nicht verkneifen. Sie schlug das Buch zu und stellte überrascht fest, dass es mittlerweile Abend geworden war. Die Zeit war wie im Flug vergangen, während sie in die Geschichte vertieft war. Dieses Buch fesselte sie so sehr, dass sie alles um sich herum vergaß. Mit einem zufriedenen Seufzen legte sie es zur Seite und genoss den Moment der Ruhe, bevor sie sich ihren abendlichen Aufgaben widmete.

Anna goss sorgfältig ihre Kräuter und den Lavendel auf den Fensterbänken, während die Abendsonne sanft die Blätter in ein warmes Licht tauchte. Der große Oleander, der stolz neben ihrer Tür stand, schien mit seinen leuchtenden Blüten um ihre Aufmerksamkeit zu buhlen. Sie beugte sich vor, um an den Blüten zu riechen, und verlor sich in ihrem zarten Duft, der Erinnerungen an sonnige Sommertage und friedliche Momente in der Natur weckte.

Nachdem sie die Pflanzen versorgt hatte, kehrte Anna in ihre gemütliche Wohneinheit zurück. Sie ließ die Kleidung von ihren Schultern gleiten und genoss das Gefühl der Freiheit, während sie sich frisch machte. Das Wasser war angenehm kühl auf ihrer Haut und half ihr, die Gedanken des Tages abzuwaschen.

Plötzlich und ohne jede Vorwarnung, spürte sie eine Präsenz hinter sich. Ein kalter Schauer lief ihr über den Rücken, als jemand sie von hinten packte. Eine Hand legte sich fest über ihren Mund, während eine Andere über ihre Haut glitt. Ihr Herz schlug wild, und in ihrem Kopf rasten die Gedanken.

Die Person küsste Anna zärtlich am Hals, und ein Schauer der Erregung durchfuhr ihren Körper. In diesem Moment erkannte sie den unverwechselbaren Duft von Sandelholz und Zitrus, der sie immer an laue Sommerabende erinnerte. Es war Rafael, ein Name, der allein schon Verführung und Geheimnis versprach. Rafael war nicht nur ein Freund, sondern ein Begleiter für jene besonderen Nächte, in denen die Welt draußen verblasste und nur der Augenblick zählte.

Sein sanftes Flüstern in ihrem Ohr ließ sie alle Anspannung vergessen, und sie spürte, wie sie sich in seine starken Arme fallen ließ. Die Zeit schien stillzustehen, während sie sich in einem Tanz aus Leidenschaft und Verlangen verloren. Die Nacht war erfüllt von dem Knistern der Spannung zwischen ihnen.

Rafael verstand es, mit einer einzigen Berührung eine Flut von Emotionen in ihr auszulösen. Seine Hände erkundeten sanft ihre Haut, während er sie mit einer Intensität ansah, die ihr den Atem raubte. Anna fühlte sich lebendig, als ob jede Faser ihres Seins in Flammen stand, und sie gab sich diesem Gefühl vollkommen hin.

Die Stunden vergingen wie im Flug, und die Welt um sie herum verschwand, während sie sich in der Hitze der Nacht verloren. Es war eine dieser Nächte, die in Erinnerung bleiben würde, eine Nacht voller Leidenschaft, die die Seele nährte und die mehr als nur das Herz zum Singen brachte.

Mit dem Kopf auf seiner Brust erwachte Anna am nächsten Morgen, während die ersten Sonnenstrahlen sanft durch die Vorhänge fielen und den Raum in ein warmes, goldenes Licht tauchten. Sie lauschte für einen Moment dem ruhigen Rhythmus seines Atems, bevor sie sich vorsichtig erhob, um ihn nicht zu wecken. Sie zog das weiche Leintuch um sich und schlich ins Bad, wo sie sich frisch machte und die Spuren der leidenschaftlichen Nacht abwusch.

Leise, um die friedliche Stille nicht zu stören, zog sie sich an und machte sich auf den Weg zum Markt. Die morgendliche Luft war kühl und erfrischend, und der Markt war bereits voller Leben. Anna genoss es, durch die Stände zu schlendern, die frischen Produkte zu begutachten und mit den Händlern zu plaudern. Es war ein Ritual, das ihr Freude bereitete und sie mit der Welt um sie herum verband.

Als sie schließlich nach Hause zurückkehrte, bemerkte sie, dass Rafael bereits gegangen war. Das war nichts Ungewöhnliches; ihre Treffen waren immer flüchtig, wie ein geheimer Tanz, der nur in der Nacht stattfand. Doch obwohl er nicht mehr da war, hing der berauschende Duft der letzten Nacht noch immer in der Luft, eine Mischung aus seinem unverwechselbaren Parfüm und der Erinnerung an ihre gemeinsame Zeit. Es war ein Duft, der sie lächeln ließ und ihr Herz mit einer warmen

Zufriedenheit erfüllte, während sie den Tag begann.

Anna stand in ihrem Wohnzimmer und blickte aus dem Fenster, während die Gedanken in ihrem Kopf kreisten. Sie wusste, dass es an der Zeit war, sich wieder einmal bei ihren Freunden zu zeigen. Die vertrauten Gesichter und das Lachen, das sie immer willkommen hieß, fehlten ihr. Doch gleichzeitig spürte sie, dass sie den Antworten auf die Fragen, die sie seit Jahren quälten, so nah war wie nie zuvor.

Diese Fragen waren wie Schatten, die sie durch ihr Leben begleiteten, immer präsent, immer drängend. Sie hatte unzählige Nächte damit verbracht, über sie nachzudenken, und nun schien es, als ob die Puzzleteile endlich an ihren Platz fielen. Die Möglichkeit, endlich Klarheit zu erlangen, war verlockend und ließ sie zögern, ihre Suche zu unterbrechen.

Anna seufzte tief und schloss für einen Moment die Augen. Sie wusste, dass ihre Freunde Verständnis haben würden, aber sie vermisste die unbeschwerten Gespräche und die Wärme ihrer Gemeinschaft. Doch die Aussicht, die Antworten zu finden, die sie so lange gesucht hatte, war zu verlockend, um sie jetzt aufzugeben.

Mit einem entschlossenen Nicken beschloss sie, sich noch ein wenig mehr Zeit zu geben. Sie würde ihre Freunde bald wiedersehen, aber zuerst musste sie diesen Weg zu Ende gehen. Die Antworten waren zum Greifen nah.

Anna machte sich einen dampfenden Kaffee, dessen reiches Aroma den Raum erfüllte und eine beruhigende Atmosphäre schuf. Sie nahm einen Schluck und genoss die wohlige Wärme, die sich in ihrem Körper ausbreitete. Vorsichtig stellte sie die Tasse auf einen Untersetzer auf dem Tisch, um keine Spuren auf der polierten Oberfläche zu hinterlassen. Dann nahm sie das Tagebuch zur Hand, das sie von dem alten Mann erhalten hatte. Anna ließ sich in ihren Sessel sinken und vertiefte sich in die handgeschriebenen Zeilen, die von einer anderen Zeit und einem anderen Leben erzählten. Jede Seite enthüllte neue Einblicke und weckte ihre Neugierde.

Während Anna in ihrem Sessel saß und die handgeschriebenen Zeilen las, spürte sie eine tiefe Verbindung zu den Geschichten, die sich vor ihr entfalteten. Es war, als ob diese Geschichten eine Brücke zwischen Vergangenheit und Gegenwart schlugen, und sie konnte die Emotionen und Erfahrungen, die in den Seiten verborgen lagen, förmlich spüren. Diese Verbindung gab ihr das Gefühl, nicht allein zu sein in ihrer Suche nach Antworten. Sie erkannte, dass die Fragen, die sie quälten, nicht nur ihre eigenen waren, sondern Teil eines größeren Geflechts von Geschichten und Schicksalen, die sich über Generationen erstreckten.

Mit jedem umgeblätterten Blatt wuchs Annas Entschlossenheit, die Geheimnisse zu lüften, die in dem Tagebuch verborgen waren. Sie fühlte sich wie eine Detektivin, die einem jahrzehntealten Rätsel auf der Spur war. Die Worte in dem Tagebuch waren wie Hinweise, die sie auf eine Reise führten, die sie nicht nur in die Vergangenheit, sondern auch zu einem tieferen Verständnis ihrer selbst brachte. Anna wusste, dass diese Entdeckungen ihr helfen würden, die Schatten zu vertreiben, die sie so lange begleitet hatten, und ihr die Klarheit gaben, nach der sie sich sehnte.

Sie konnte die Leidenschaft und die Kämpfe förmlich spüren, während sie die Gedanken und Erlebnisse las. Es war, als ob sie durch seine Augen in eine Welt blickte, die längst vergangen war, und doch so viel mit ihrer Eigenen zu tun hatte. Mit jedem Wort, das sie las, fühlte Anna sich den Antworten, die sie suchte, ein Stück näher. Das Tagebuch war mehr als nur eine Sammlung von Erinnerungen; es war ein Schlüssel zu den Rätseln, die sie lösen wollte. Und so las sie weiter, Seite um Seite, während der Kaffee langsam abkühlte und die Zeit um sie herum stillzustehen schien.

Jack klatschte energisch in die Hände, das scharfe Geräusch durchschnitt die nächtliche Stille wie ein Weckruf.
„Alle aufstehen, zusammenpacken und rein in die Busse! Wir müssen sofort abrücken. Los, los, los!“ Seine Worte hallten über das Lager, während der Mond hoch am Himmel stand. Um ihn herum begann hektische Aktivität. Schlafsäcke wurden hastig zusammengerollt, Rucksäcke gepackt und Zelte abgebaut. Die Luft war erfüllt von einem Gemisch aus Aufregung und Eile, während die Kolonisten ihre Habseligkeiten zusammenpackten, um Jacks Anweisungen Folge zu leisten. Der Boden war kühl unter den Füßen, und die Dunkelheit schien die Geräusche der Nacht zu verschlucken, während das Lager zum Leben erwachte. Jack, mit entschlossenem Blick und einer Autorität, die aus Erfahrung sprach, überwachte das Treiben. Er wusste, dass

jede Minute zählte. Die Busse standen bereit, ihre Motoren brummten leise. Die Türen standen offen, bereit, die Menschen aufzunehmen und sie sicher aus der Gefahrenzone zu bringen. Während die letzten Taschen verstaut wurden und die Busse sich in Bewegung setzten, blieb Jack einen Moment stehen, um sicherzustellen, dass niemand zurückblieb. Sein Herz schlug im Takt der Eile, doch er fühlte auch einen Anflug von Stolz. Inmitten des Chaos war es seine Führung, die Ordnung schuf und die Gruppe vorantrieb. Mit einem letzten Blick über das nun leere Lager stieg er in den Jeep und auch die Vögel führen los.

Jack hob das Funkgerät an seine Lippen, seine Stimme war ruhig, aber bestimmt, als er die Nachricht an den gesamten Konvoi übermittelte. „Achtung, alle Einheiten, hier spricht Jack. Wir haben eine Planänderung. Ursprünglich war vorgesehen, euch direkt ins Hauptquartier zu bringen, doch die Umstände haben sich geändert." Eine kurze Pause folgte, während er die richtigen Worte suchte, um die Dringlichkeit der Situation zu vermitteln. „Wir werden stattdessen Zuflucht in einer alten, verlassenen Kolonie suchen. Sie ist zwar nicht mehr die Beste, aber sie wird reichen müssen. " Die Dunkelheit der Nacht umgab die Fahrzeuge, während sie sich ihren Weg durch die ungewisse Landschaft bahnten. Jacks Worte hallten in den Köpfen der Fahrer und Passagiere wider, während sie die neue Route in Angriff nahmen. Die Kolonie, einst ein lebendiger Ort voller Leben und Aktivität, war nun ein Schatten ihrer selbst, doch sie bot den Schutz, den sie dringend benötigten. Jack wusste, dass die Entscheidung nicht ideal war, aber in diesem Moment war es die beste Option, die sie hatten. Er vertraute darauf, dass seine Leute die Herausforderung meistern würden, wie sie es schon so oft getan hatten. Mit einem letzten Blick auf die Karte in seiner Hand, legte er das Funkgerät beiseite und konzentrierte sich auf die bevorstehende Fahrt, entschlossen, seine Gruppe sicher durch die Nacht zu führen.

Trotz der Höchstgeschwindigkeit, mit der der Konvoi durch die Nacht raste, schienen die Devs unaufhaltsam näher zu kommen. Ihre Zahl wuchs stetig, als ob die Verfolgungsjagd ihnen zusätzliche Energie verlieh. Die Spannung im hintersten Bus war greifbar, als die Insassen die drohende Gefahr spürten. Plötzlich brach einer der Devs aus der Dunkelheit hervor und stürzte sich mit voller Wucht gegen das Metallgitter der Busfensterscheibe.

Das Gitter ächzte unter dem Aufprall, und die Insassen hielten den Atem an. Der Dev prallte ab, doch seine Entschlossenheit war ungebrochen. Die Bedrohung war real und unmittelbar, und die Insassen des Busses wussten, dass sie keine Zeit zu verlieren hatten. Die Fahrer hielten die Augen fest auf die Straße gerichtet, während sie versuchten, den Devs zu entkommen und die Sicherheit der alten Kolonie zu erreichen.

Die Nacht war erfüllt von dem Dröhnen der Motoren und dem unaufhörlichen Rauschen des Windes, während der Konvoi weiter durch die Dunkelheit raste, entschlossen, den Devs zu entkommen und einen sicheren Zufluchtsort zu finden.

Die Situation eskalierte schnell, als immer mehr Devs den letzten Bus ins Visier nahmen. Sie warfen sich mit unbändiger Kraft gegen die Metallgitter der Fensterscheiben, ihre Angriffe unaufhörlich und erbarmungslos. Eine Fensterscheibe nach der anderen gab unter dem Druck nach, splitterte und zerbrach mit einem ohrenbetäubenden Knall. Der Bus begann zu schwanken, als ob er ein Schiff wäre, das inmitten eines tobenden Sturms kämpfte.

Im Inneren des Busses herrschte Chaos. Die

Insassen klammerten sich an ihre Sitze, während der Bus von den heftigen Angriffen hin und her geworfen wurde. Der Fahrer kämpfte verzweifelt darum, die Kontrolle zu behalten, während er versuchte, den Bus auf Kurs zu halten. Die Schreie der Passagiere mischten sich mit dem Kreischen des Metalls und dem Dröhnen der Motoren, während die Devs unermüdlich weiter angriffen.

Die Lage im Bus spitzte sich dramatisch zu, als die Nieten der Metallgitter unter dem unaufhörlichen Druck der Devs nachgaben. Es war offensichtlich, dass die Barrieren nicht mehr lange standhalten würden. Mit einem ohrenbetäubenden Knirschen löste sich schließlich eines der Gitter vom Fensterrahmen, und die ersten Devs nutzten die Gelegenheit, um in den Bus einzudringen.

Panik breitete sich unter den Insassen aus, als die Devs durch das offene Fenster kletterten. Die Menschen im Bus rückten instinktiv zusammen, während sie versuchten, sich gegen die Eindringlinge zu verteidigen. Einige griffen nach allem, was sie finden konnten, um sich zu schützen, während andere versuchten, die Devs zurückzudrängen.

Der Fahrer des Busses wusste, dass es keine Zeit zu verlieren gab. Er trat das Gaspedal noch fester durch, in der Hoffnung, die Devs abzuschütteln und die Kolonie so schnell wie möglich zu erreichen. Die Insassen mussten jetzt zusammenarbeiten, um die Devs in Schach zu halten, bis sie in Sicherheit waren. Es war ein Wettlauf gegen die Zeit, und jeder im Bus war entschlossen, diesen Kampf zu gewinnen.

Inmitten des Chaos im Bus brach die Hölle aus. Die Devs, getrieben von unbändiger Wildheit, stürzten sich auf die verängstigten Insassen. Einer von ihnen sprang mit erschreckender Präzision in die Menge und griff einen der Passagiere an. In einem brutalen Akt riss er ihm die Kehle heraus, und das Blut spritzte in alle Richtungen, als ob es die Verzweiflung und das Entsetzen der Situation unterstreichen wollte.

Die anderen Devs folgten seinem Beispiel und stürmten durch den engen Gang des Busses. Die Schreie der Menschen wurden von den unbarmherzigen Angriffen der Devs übertönt. Jeder Versuch, sich zu wehren, schien vergeblich, denn die Devs waren unerbittlich in ihrer Brutalität. Sie verstümmelten die Insassen mit einer Grausamkeit, die jegliche Hoffnung auf

Rettung zunichtemachte.

Trotz der Panik und des Schreckens versuchten einige der Passagiere, sich zu verteidigen, doch die Übermacht der Devs war erdrückend. Der Bus, einst ein Zufluchtsort, war nun zu einem Schauplatz des Grauens geworden, während sich die Devs unaufhaltsam ihren Weg durch die Menge bahnten.

Ein Dev, mit einem blutigen Stück Darm aus dem Maul hängend, fixierte den Busfahrer mit einem unheilvollen Blick. Die Augen des Devs glühten vor unbändiger Wildheit, während er sich langsam und bedrohlich auf sein nächstes Opfer zubewegte. Der Busfahrer, gefangen zwischen Panik und Pflichtbewusstsein, versuchte verzweifelt, die Kontrolle über das Fahrzeug zu behalten. Mit einem kraftvollen Satz sprang der Dev auf den Fahrer zu, seine Bewegungen waren eine erschreckende Mischung aus Grazie und Brutalität. In einem einzigen, grausamen Biss riss er die Schädeldecke des Fahrers ab, als wäre sie aus Papier, und ein Teil seines Gehirns klatschte auf die Windschutzscheibe des Busses. Der Bus, nun führerlos und außer Kontrolle, begann gefährlich zu schwanken. Die Insassen samt Leichen wurden hin und her geschleudert, während das Fahrzeug seinen Halt verlor. Mit einem ohrenbetäubenden Krachen kippte der Bus schließlich zur Seite und rutschte noch einige Meter über den sandigen Boden, bevor er zum Stillstand kam. Eine unheimliche Stille legte sich über die Szenerie, nur unterbrochen vom leisen Knistern des Metalls und den gedämpften Schreien der Überlebenden, welche schnell verstummten.

Die restlichen Devs zögerten nicht einen Moment, als sie an dem umgestürzten Bus vorbeiliefen. Der feine Wüstensand wurde unter ihren schnellen, entschlossenen Schritten aufgewirbelt und bildete eine staubige Spur, die ihren Weg markierte. Ihre Bewegungen waren zielgerichtet und unaufhaltsam, als sie den restlichen Konvoi ins Visier nahmen.

Die Luft war erfüllt von der Anspannung des bevorstehenden Angriffs, während die Devs mit unbarmherziger Entschlossenheit vorwärts stürmten. Ihr Ziel war klar: den Konvoi einzuholen und das gleiche grausame Schicksal über die verbleibenden Fahrzeuge zu bringen. Die Insassen der anderen Busse konnten nur hilflos zusehen, wie die Devs näherkamen, bereit, ihre tödliche Mission fortzusetzen, bis selbst der letzte Mann gefallen war.

Der Sandsturm, den sie hinter sich entfachten, schien wie ein Vorbote des Unheils, das sie mit sich brachten. Die Devs waren eine unaufhaltsame Kraft, getrieben von einer dunklen Bestimmung, die keine Gnade kannten.

Kapitel 11

Anna saß in der düsteren Stille. Die Seiten des alten Tagebuchs knisterten leise in ihren Händen, während sie die Worte las, die von einer Zeit erzählten, die von Chaos und Verzweiflung geprägt war. Jeder Satz schien von der Tinte der Angst durchtränkt zu sein, und Anna spürte, wie sich ein kalter Schauer über ihren Rücken legte.

Sie konnte sich kaum vorstellen, in einer solchen Zeit zu leben, in der Hoffnung ein flüchtiger Traum und Sicherheit ein ferner Gedanke war. Gedankenverloren strich sie sich eine widerspenstige Strähne ihres langen, braunen Haares aus dem Gesicht und steckte sie hinter ihr Ohr. Die Strähne war wohl aus ihrem Zopf gefallen, der nun etwas zerzaust wirkte, als ob auch er von der Schwere der gelesenen Worte beeinflusst worden wäre.

Anna lehnte sich tiefer in den Sessel zurück,

der unter ihrem Gewicht leise knarrte. Der Sessel bot ihr einen Moment des Trostes inmitten der Dunkelheit der gelesenen Worte. Sie schloss für einen Augenblick die Augen, ließ die bedrückende Atmosphäre des Buches auf sich wirken und versuchte, die Bilder der Vergangenheit, die das Tagebuch heraufbeschworen hatte, zu verarbeiten.

Sie wusste, dass sie sich bald wieder der Realität ihrer eigenen Zeit stellen musste, doch für diesen Moment erlaubte sie sich, in den Geschichten derer zu verweilen, die vor ihr gekommen waren.

Anna saß in der stillen Dämmerung, während ihre Gedanken unweigerlich zu dem alten Mann zurückkehrten, dessen geheimnisvolles Verschwinden sie nicht losließ. Sein Bild war in ihrem Gedächtnis eingebrannt: die tiefen Falten, die sein Gesicht wie ein gelebtes Buch durchzogen, und die Augen, die trotz ihrer Müdigkeit einen Funken von Geschichten und Geheimnissen in sich trugen. Doch sie wusste, dass ein alter Freund, wie der alte Mann ihn nannte, in sein Leben zurückgekehrt war, um den er sich kümmern müsste. Diese unerwartete Rückkehr hatte ihn dazu bewogen, von einem Tag auf den Anderen alles hinter sich zu lassen – die kleine Wohneinheit am

Rande der Kolonie, die wenigen Habseligkeiten, die er besaß, und die vertrauten Pfade, die er täglich beschritt. Sie fragte sich, ob er nun an einem Ort des Friedens war, erfüllt von der Gesellschaft seines wiedergefundenen Freundes, oder ob neue Herausforderungen auf ihn warteten.

Bald wäre ihre Ruhezeit aufgebraucht, und sie müsste wieder zu ihrem Posten als Lehrerin zurückkehren. Anna unterrichtete gerne die Kinder in der Kolonie, denn ihre Neugier und ihr Wissensdurst erfüllten sie mit Freude. Doch immer wieder fragte sie sich, ob sie ihnen wirklich die Wahrheit vermittelte. Die Geschichten und Fakten, die in den Büchern und Archiven festgehalten waren, schienen oft im Widerspruch zu dem zu stehen, was der alte Mann ihr anvertraut hatte und was sie in dem Tagebuch entdeckt hatte. Diese Diskrepanz nagte an ihr, ließ sie zweifeln und hinterfragen.

Anna erinnerte sich an den Abend, den sie mit dem alten Mann verbracht hatte, während er ihr Geschichten erzählte, die in keinem ihrer Lehrbücher zu finden waren. Seine Augen funkelten, wenn er von vergangenen Zeiten sprach, und obwohl seine Erzählungen oft unglaublich klangen, spürte sie eine Authentizität, die sie nicht ignorieren konnte. Diese Geschichten hatten in ihr eine Flamme entfacht, eine unstillbare Neugier, die sie dazu trieb, die Archive der Kolonie nach weiteren Hinweisen zu durchforsten. Doch je mehr sie entdeckte, desto größer wurde die Kluft zwischen dem, was sie lehrte, und dem, was sie zu wissen glaubte.

War die offizielle Geschichte, die sie lehrte, wirklich korrekt? Oder waren die Erzählungen des alten Mannes und die Enthüllungen des Buches die wahren Begebenheiten? Anna spürte nicht nur die Verantwortung, die Wahrheit zu lehren, sondern vor allem den tiefen Wunsch, für sich selbst die Wahrheit zu erkennen. Diese Suche nach Klarheit war schon vor langer Zeit zu einer persönlichen Reise geworden, die sie nicht ignorieren konnte.

Aber sie rang mit sich. Wie sollte sie mit all dem Wissen umgehen? Wenn sie das lehrte, was sie in den letzten Tagen erfahren hatte, könnte es sie ihren Posten kosten. Anna war hin- und hergerissen zwischen dem Drang, die Wahrheit zu teilen, und der Angst vor den möglichen Konsequenzen. Sie wusste, dass die Informationen, die der alte Mann und das Buch ihr offenbart hatten, das Potenzial hatten, die Sichtweise der Kolonie grundlegend zu verändern. Doch gleichzeitig war ihr bewusst, dass das Infragestellen der etablierten Lehren nicht ohne Risiko war. Anna musste sorgfältig abwägen, wie sie vorgehen wollte, denn ihre Leidenschaft für das Unterrichten und ihr Bedürfnis nach Wahrheit standen auf dem Spiel.

Als sie in Gedanken verloren durch ihre Wohneinheit blickte, fiel ihr auf, dass Rafael seinen Schal nach ihrer gemeinsamen Nacht vergessen hatte. Dies machte er oft. Er sagte, das sei seine Eintrittskarte, um einen Grund zu haben, sie immer wieder zu besuchen. Ein Lächeln huschte über Annas Gesicht, als sie den Schal aufhob. Es war eine kleine Geste, die ihr zeigte, dass Rafael in ihrem Leben bleiben wollte, und in diesem Moment fühlte sie sich ein wenig weniger allein mit ihren Gedanken und Sorgen.

Sie würde zwar nie mit ihm über solche Dinge sprechen, denn ihre Beziehung war mehr körperlich als geistig, und genau das schätzte sie an ihm. Anna genoss die Ungezwungenheit und die Freiheit, die diese Verbindung ihr bot. Sie war noch nicht bereit, sich fest zu binden. In einer Zeit, in der so viele Fragen in ihrem Leben offen waren, war es beruhigend, eine Beziehung zu haben, die keine zusätzlichen Komplikationen mit sich brachte.

Anna ließ die Erinnerungen an die vergangene Nacht noch einmal Revue passieren, und ein wohliges Kribbeln durchfuhr sie. Die Stunden, die sie mit Rafael verbracht hatte, waren voller Leidenschaft und Leichtigkeit gewesen. Sie war dankbar für die kleine Abwechslung, die sein Besuch mit sich gebracht hatte, und für die gedankliche Pause, die sie gebraucht hatte. In seiner Gegenwart konnte sie die Sorgen und Zweifel für einen Moment vergessen und einfach im Hier und Jetzt leben.

Doch nun, wusste Anna, dass es eine Weile dauern würde, bis er das nächste Mal zu ihr kam. Diese Erkenntnis hinterließ eine Mischung aus Vorfreude und leiser Melancholie in ihr. Sie sehnte sich nach der nächsten Begegnung, nach der nächsten Gelegenheit, in seiner Nähe zu sein und die Welt um sich herum für einen Augenblick auszublenden. Bis dahin würde sie die Erinnerungen an ihre gemeinsame Zeit wie einen kostbaren Schatz in ihrem Kopf bewahren.

Anna spürte, wie die Müdigkeit langsam, aber unaufhaltsam über sie kam, wie eine sanfte Welle, die den Strand umspült. Ihre Augenlider wurden schwer, und ein Gähnen entwich ihren Lippen. Es war an der Zeit, dem Drang nachzugeben und sich in die weichen Umarmungen ihres Bettes zu begeben. Doch bevor sie sich zur Ruhe legte, musste sie noch eine letzte Aufgabe erledigen.

Sorgfältig schloss sie das Tagebuch, dessen Seiten voller Geheimnisse und Gedanken waren, die nur für sie bestimmt waren. Mit einem leisen Seufzen legte sie es zurück in die alte, hölzerne Kiste.

Anna kniete sich auf den Boden und gab die Kiste unter eine lose Bodenlatte, die nur sie kannte. Es war ein geheimer Ort, verborgen vor den neugierigen Blicken der Welt, ein sicherer Hafen für ihre wertvollsten Besitztümer. Zufrieden mit ihrer Vorsichtsmaßnahme erhob sie sich und machte sich auf den Weg ins Bett, wo sie bald in einen tiefen Schlaf fiel.

Anna fand sich in einem lebhaften Traum wieder, der sie in die Tiefen eines erschütternden Angriffs zog. Es war, als wäre sie selbst in dem hintersten Bus des Konvois, umgeben von der drückenden Enge und der aufgeladenen Atmosphäre der verängstigten Passagiere. Die Devs, eine unbarmherzige und gefürchtete Gruppe, stürmten den Bus mit einer Brutalität, die ihr den Atem raubte.

In ihrem Traum war alles so real: das panische Schreien der Menschen, das ohrenbetäubende Krachen von Glas und Metall, und die unbarmherzige Gewalt, die sich vor ihren Augen abspielte. Anna konnte die Verzweiflung und den Schmerz der Menschen spüren, als ob sie selbst Teil dieser schrecklichen Szene wäre.

Die Grausamkeiten, die die Devs den unschuldigen Passagieren antaten, brannten sich in ihr Bewusstsein ein. Sie fühlte sich hilflos, gefangen in einem Albtraum, aus dem es kein Entkommen gab. Der metallische Geruch von Blut lag schwer in der Luft, so intensiv, dass sie meinte, es auf ihrer Zunge schmecken zu können. Es war ein Geschmack von Angst und Verlust.

In ihrem Traum spitzte sich die Situation dramatisch zu. Ein Dev, mit unheimlicher Geschwindigkeit und bedrohlicher Entschlossenheit, sprang direkt auf Anna zu. Sie konnte die langen, scharfen Zähne sehen, die im schwachen Licht blitzten, und die unbarmherzige Wildheit in seinen Augen ließ ihr das Blut in den Adern gefrieren. Der

Moment schien sich zu dehnen, als ob die Zeit selbst den Atem anhielt. Anna war wie gelähmt, unfähig sich zu bewegen oder zu schreien, während der Dev immer näherkam. Doch genau in dem Augenblick, als die Gefahr unerträglich wurde und der Dev sie fast erreicht hatte, riss sie die Realität aus den Fängen des Albtraums. Sie erwachte abrupt, ihr Herz hämmerte wild in ihrer Brust, und ihr Körper war von kaltem Schweiß bedeckt. Der Raum um sie herum war still.

Noch immer von den Nachwirkungen des Albtraums erschüttert, saß Anna in ihrem Bett und spürte, wie ihr Herzschlag allmählich ruhiger wurde. Sie wusste, dass ein Kamillentee genau das Richtige war, um ihre Nerven zu beruhigen und die unheimlichen Bilder aus ihrem Kopf zu vertreiben. Entschlossen schwang sie die Beine aus dem Bett und machte sich auf den Weg in die Küche.

Dort angekommen, füllte sie ihre vertraute Teekanne mit frischem Wasser und stellte sie auf den Herd. Das leise Klicken des Gasknopfs und das sanfte Zischen der Flamme waren beruhigende Geräusche in der stillen Nacht. Während sie darauf wartete, dass die Teekanne zu pfeifen begann, trat

Anna ans Küchenfenster und blickte hinaus.

Draußen herrschte eine tiefe, fast greifbare Dunkelheit, die nur vom silbernen Schein des Mondes durchbrochen wurde. Sein Licht legte sich wie ein sanfter Schleier über die menschenleeren Straßen, die in dieser späten Stunde still und verlassen dalagen. Die Szenerie hatte etwas Beruhigendes und zugleich Melancholisches, als ob die Welt für einen Moment den Atem anhielt. Anna ließ ihren Blick über die vertrauten Konturen der Häuser und Bäume schweifen und spürte, wie die Ruhe der Nacht langsam in sie einsickerte, während sie auf das erlösende Pfeifen der Teekanne wartete.

Plötzlich überkam Anna ein unheimliches Gefühl, als ob die Schatten der Nacht lebendig geworden wären. Vor ihrem Küchenfenster, kaum sichtbar im schummrigen Licht der Dämmerung, schien ein großes, haarloses Wesen zu lauern. Seine glühend roten Augen durchbohrten die Dunkelheit und fixierten sie mit einer Intensität, die ihr einen kalten Schauer über den Rücken jagte. Der Anblick war so surreal, dass sie für einen Moment den Atem anhielt, unfähig, den Blick von dem unheimlichen Geschöpf abzuwenden. Es war, als ob die Zeit stillstand und nur sie und dieses mysteriöse Wesen existierten, verbunden durch einen stummen, aber eindringlichen Blick.

Erschrocken riss Anna ihren Mantel vom Haken, warf ihn sich hastig über die Schultern und stürmte aus der Tür in die kühle Nachtluft. Ihr Herz pochte wild in ihrer Brust, während sie sich umsah, in der Hoffnung, einen Blick auf das unheimliche Wesen zu erhaschen. Doch die Straße lag still und verlassen vor ihr, nur das leise Rascheln der Blätter im Wind war zu hören. Die Kreatur, die sie eben noch durch das Fenster angestarrt hatte, schien spurlos verschwunden zu sein. Anna blieb einen Moment stehen, versuchte ihre Atmung zu beruhigen, und fragte sich, ob ihre Augen ihr vielleicht einen Streich gespielt hatten. Doch die Erinnerung an die glühend roten Augen ließ sie nicht los.

Für einen Moment überlegte Anna, ob das, was sie zu sehen geglaubt hatte, vielleicht nur ein Überbleibsel ihres letzten Albtraums war, der ihr noch immer nachhing. Vielleicht war es nur eine Illusion, ein Trugbild ihrer übermüdeten Sinne. Mit einem tiefen Atemzug versuchte sie, die unheimliche Begegnung abzuschütteln, drehte sich um und ging zurück in ihre gemütliche Wohneinheit. Kaum hatte sie die Tür hinter sich geschlossen, hörte sie das vertraute Pfeifen der Teekanne, das durch die Stille der Wohnung hallte. Dampf stieg in dichten Schwaden aus der Kanne auf und erfüllte die Küche mit einem beruhigenden, warmen Aroma. Anna lächelte leicht, froh über die Normalität dieses kleinen Moments, und machte sich daran, sich eine Tasse Tee einzuschenken, um ihre Nerven zu beruhigen.

Anna ließ sich in ihren gemütlichen Lesesessel sinken, die Wärme des Tees in ihren Händen spendete ihr ein Gefühl von Geborgenheit. Sie nahm einen kleinen Schluck und spürte, wie die wohlige Flüssigkeit ihre Anspannung langsam löste. Ihr Blick wanderte unwillkürlich zu der losen Bodenlatte, unter der die alte Kiste mit dem Tagebuch verborgen lag. Das Tagebuch, das voller Geheimnisse und Geschichten aus einer längst vergangenen Zeit steckte, hatte sie schon seit Tagen in seinen Bann gezogen. Sie überlegte, ob sie nicht gleich weiterlesen sollte, denn wach war sie ohnehin. Die Neugierde, mehr über die geheimnisvollen Einträge zu erfahren, begann in ihr zu wachsen. Schließlich stellte sie die Tasse auf den kleinen Beistelltisch neben sich, beugte sich vor und hob die Bodenlatte an, um die Kiste hervorzuholen.

Anna stellte die Kiste vorsichtig auf den

Tisch und öffnete sie mit einer Mischung aus Vorfreude und Ehrfurcht. Der vertraute, leicht muffige Geruch von altem Papier stieg ihr in die Nase, als sie das Tagebuch herausnahm. Der abgenutzte Ledereinband fühlte sich vertraut und beruhigend an. Sie schlug die nächste Seite auf, wo die handgeschriebenen Zeilen sie in eine andere Welt entführten. Während sie las, versank sie immer tiefer in die Vergangenheit und Gedanken, die jemand vor langer Zeit mit Sorgfalt und Leidenschaft niedergeschrieben hatte. Die Worte schienen, fast lebendig zu werden, und Anna konnte die Emotionen und Erlebnisse des Verfassers förmlich spüren. Jede Seite enthüllte neue Geheimnisse und zog sie weiter in den Bann des Tagebuchs.

Kapitel 12

Der Konvoi aus Bussen, angeführt von dem robusten Jeep der Vögel, raste mit beeindruckender Geschwindigkeit auf die alte, verlassene Kolonie zu. Die Motoren heulten in der stillen Nacht, während die Fahrzeuge über die unebene Wüstenlandschaft donnerten. Hinter ihnen, kaum einen Atemzug entfernt, jagten die Devs, entschlossen den Abstand zu verringern. Der Mond hing groß und silbern am Himmel und tauchte die Szenerie in ein gespenstisches Licht. Eine gewaltige Sandwolke erhob sich hinter den Fahrzeugen, wirbelte im Schein des Mondes und verbarg fast gänzlich die Verfolger in einem dichten Schleier aus Staub und Schatten. Die Spannung war greifbar, als der Konvoi unaufhaltsam seinem Ziel entgegenstrebte, während die Verfolger unermüdlich an ihren Fersen blieben.

Danny, der im Bus direkt hinter dem

führenden Jeep saß, spürte das Adrenalin in seinen Adern, als er einen Blick nach hinten zu den anderen Bussen warf. Sein Herz setzte einen Schlag aus, als er in der Luft eine beeindruckende Gestalt mit mächtigen Flügeln entdeckte, die majestätisch wie ein Greifvogel über dem Konvoi schwebte. Die Flügel spannten sich weit auf, und für einen Moment schien die Zeit stillzustehen, während die Gestalt in der Luft verharrte. Plötzlich stürzte sie in einem atemberaubenden Steilflug herab, die Luft zischte um sie herum, als sie mit unglaublicher Geschwindigkeit auf die Erde zuraste. Mit einer kraftvollen Bewegung entfachte die Gestalt ein gewaltiges Feuer, das sich wie eine lodernde Barriere zwischen dem Konvoi und den herannahenden Devs erhob. Die Flammen tanzten wild im Mondlicht und warfen ein flackerndes, schützendes Leuchten über die Fahrzeuge, während sie die Verfolger in ihrem feurigen Schein zurückhielten.

Danny konnte seinen Blick nicht von der beeindruckenden Gestalt lösen, die sich mit einer Anmut und Entschlossenheit direkt auf die Kolonie zubewegte. Sein Herz schlug schneller, als er realisierte, dass sie ihrem Ziel immer näherkamen. Nur noch wenige Minuten trennten sie von der Sicherheit der

Kolonie. Die Spannung im Bus war greifbar, jeder Insasse hielt den Atem an, während sie auf das große Tor zusteuerten, das die Grenze zur Kolonie markierte.

Vor ihnen erhob sich die Silhouette der Kolonie, ein sicherer Hafen inmitten der unbarmherzigen Wüste. Das große Tor, das bisher verschlossen war, begann sich langsam und schwerfällig zu öffnen, als ob es die Ankunft des Konvois förmlich begrüßen wollte. Ein leises Knarren begleitete die Bewegung der massiven Tore, und ein schmaler Spalt gab den Blick auf das Innere der Kolonie frei. Hoffnung keimte in Danny auf, als er die Unbekannten aber erstaunlicherweise vertrauten Strukturen der Kolonie erblickte, die ihnen Schutz und Zuflucht versprachen. Die letzten Meter fühlten sich wie eine Ewigkeit an, doch der Gedanke an die Sicherheit, die sie erwartete, trieb sie unaufhaltsam voran.

Das Tor öffnete sich gerade weit genug, um den Konvoi passieren zu lassen, und schloss sich sofort wieder mit einem dumpfen Dröhnen, kaum dass der letzte Bus hindurchgefahren war. Die Sicherheit der Kolonie umschloss sie wie ein schützender Mantel. Jack sprang aus dem Jeep und übernahm sofort das Kommando. Mit klarer, durchdringender Stimme wies er die Zivilisten an, sich unverzüglich in die Schutzräume zu begeben. Die Dringlichkeit in seiner Stimme ließ keinen Raum für Zweifel oder Zögern.

Zum Glück waren die Kolonien alle nach einem einheitlichen Plan aufgebaut, was es den Menschen erleichterte, sich schnell zu orientieren und die Schutzräume zu finden. Die vertrauten Strukturen boten ein Gefühl von Sicherheit und Ordnung inmitten des Chaos. Menschen eilten hastig aber geordnet in die Schutzräume. Die kollektive Erfahrung und das Wissen um den Aufbau der Kolonie erwiesen sich als unschätzbar wertvoll in diesem Moment der Anspannung.

Die restlichen Soldaten, die noch in den Bussen waren, erhielten von Jack klare Anweisungen. Mit einem entschlossenen Nicken wies er sie an, sich ihre Waffen zu schnappen und sich schnellstmöglich an der Mauer zu positionieren. Die Atmosphäre war angespannt, aber die Soldaten handelten routiniert und effizient, jeder Handgriff saß. Auch Danny und Joker waren unter ihnen, ihre Gesichter zeigten Entschlossenheit und Konzentration.

Gemeinsam eilten sie zu den vorgesehenen Positionen entlang der Mauer, die die

Kolonie schützte. Die Mauer war hoch und stabil, ein Bollwerk gegen die Bedrohungen von außen. Die Soldaten nahmen ihre Plätze ein, überprüften ihre Ausrüstung und bereiteten sich auf das vor, was kommen mochte. Die Nacht war still, abgesehen von den leisen Geräuschen der sich bewegenden Soldaten und dem gelegentlichen Klicken von Sicherheitsvorrichtungen an den Waffen.

Danny spürte die vertraute Schwere der Waffe in seinen Händen und tauschte einen kurzen, wortlosen Blick mit Joker aus. Beide wussten, dass sie sich aufeinander verlassen konnten, egal was passieren würde. Die Mauer bot ihnen Schutz, aber auch eine klare Sicht auf das Gelände vor der Kolonie, wo die Gefahr lauerte. Bereit und wachsam warteten sie auf das nächste Zeichen von Jack, während sie die Dunkelheit der Nacht umgab.

Alle Augen waren gespannt auf das Gelände vor der Kolonie gerichtet, die Anspannung war fast greifbar. Jeder erwartete das Auftauchen der Devs, die unaufhaltsam näherkommen sollten. In der Ferne loderte noch immer das Feuer, das von der mysteriösen Gestalt entfacht worden war. Die Flammen tanzten wild in der Dunkelheit und warfen ein flackerndes Licht über die Wüste, während sie den Verfolgern kostbare Zeit abtrotzten. Dieses Feuer war mehr als nur eine physische Barriere; es war ein Hoffnungsschimmer, der den Verteidigern der Kolonie einen Moment des Aufatmens schenkte. Die Soldaten an der Mauer nutzten diese Zeit, um ihre Positionen zu sichern und sich mental auf das vorzubereiten, was kommen mochte. Die Luft war erfüllt von der Mischung aus Rauch und Spannung, während die Flammen weiterhin ihre schützende Wirkung entfalteten. Danny, Joker und die anderen Soldaten hielten ihre Waffen im Anschlag, die Blicke fest auf das Gelände gerichtet, bereit, die Kolonie um jeden Preis zu verteidigen.

Die Stunden verstrichen, und die erwartete Ankunft der Devs blieb aus. Das Feuer, das ihnen so wertvolle Zeit verschafft hatte, brannte allmählich herunter, bis nur noch vereinzelte Flammen in der Dunkelheit flackerten. Langsam begann der Morgen zu dämmern, und das erste Licht des Tages vertrieb die Schatten der Nacht. Danny und Joker standen noch immer an der Mauer, ihre Augen müde, aber wachsam. Die Verwirrung über das Ausbleiben des Angriffs war ihnen ins Gesicht geschrieben.

„Warum sind sie nicht gekommen?“ fragte

Joker leise, mehr zu sich selbst als zu jemand anderem. Danny zuckte mit den Schultern, seine Gedanken rasten. „Vielleicht hat das Feuer sie abgeschreckt oder sie haben ihre Pläne geändert," überlegte er laut. Doch die Unsicherheit nagte an ihnen. Die Bedrohung war nicht verschwunden, sie hatte sich nur zurückgezogen, und das machte die Situation umso unberechenbarer.

Die Soldaten begannen sich zu entspannen, trotzdem blieb eine gewisse Anspannung spürbar. Die Kolonie erwachte langsam zum Leben, die Menschen verließen vorsichtig die Schutzräume und blickten sich um, unsicher, was der Tag bringen würde. Danny und Joker wussten, dass sie wachsam bleiben mussten, auch wenn die unmittelbare Gefahr vorüber zu sein schien. Die Ruhe war trügerisch, und sie mussten bereit sein für das, was auch immer als Nächstes kommen mochte.

Im sanften Licht der Dämmerung trat Jack vor die versammelten Menschen und sprach mit fester Stimme: „Diese Nacht haben wir überstanden. Das waren ein paar harte Stunden, aber wir haben es geschafft." Seine Worte waren beruhigend und gaben den Menschen neuen Mut. „Durchsucht die

Kolonie nach Treibstoff und Vorräten, welche wir durch den Verlust des letzten Busses eingebüßt haben. Bringt die Fahrzeuge wieder in einen guten Zustand. Diese Verfolgungsjagd war nicht geplant und hat von jedem von uns, Mensch und Maschine, das Äußerste abverlangt."

Er machte eine kurze Pause, um sicherzustellen, dass seine Anweisungen verstanden wurden, und wandte sich dann an die Soldaten. „Ihr habt großartige Arbeit geleistet. Jetzt ist es an der Zeit, euch etwas auszuruhen und neue Kräfte zu tanken. Wir müssen spätestens morgen früh wieder bereit sein, weiterzuziehen."

Die Menschen begannen sich zu bewegen, jeder wusste, was zu tun war. Während einige sich um die Fahrzeuge kümmerten, suchten andere nach Treibstoff und Vorräten. Die Soldaten, einschließlich Danny und Joker, machten sich auf den Weg zu ihren Unterkünften, um die dringend benötigte Ruhe zu finden. Jack beobachtete, wie die Kolonie wieder zum Leben erwachte, und fühlte einen Funken Hoffnung. Sie hatten diese Nacht überlebt, und mit vereinten Kräften würden sie auch die kommenden Herausforderungen meistern.

Danny stand unbekleidet in der Unterkunft der Soldaten, das warme Wasser prasselte auf seinen athletischen Körper und wusch den Schmutz der vergangenen Tage von seiner Haut. Sein Körper war beeindruckend definiert, die Muskeln zeichneten sich klar unter der Haut ab. Seine breiten Schultern gingen in kräftige Arme über. Sein Bauch war flach und muskulös, jeder Muskel war deutlich sichtbar und sprach von Disziplin und Stärke. Die Proportionen seines Körpers waren nahezu perfekt, ein harmonisches Zusammenspiel von Kraft und Ästhetik.

Als er sich leicht nach vorne beugte, um seine Füße zu waschen, spannte sich seine Rückenmuskulatur an und offenbarte die Definition seiner Lendenmuskeln. Plötzlich durchbrach eine Stimme die Stille des Raumes: „Netter Po." Überrascht richtete Danny sich auf und bedeckte instinktiv seinen Schambereich mit den Händen. Er drehte sich um und sah Nimh, die lässig vor der Dusche lehnte, ein Handtuch in der Hand und ein schelmisches Lächeln auf den Lippen.

Nimh war entspannt, ihre Haltung zeigte Selbstbewusstsein und eine gewisse Verspieltheit. „Keine Sorge, ich wollte dich nicht erschrecken," sagte sie mit einem

Augenzwinkern. Danny konnte nicht anders, als leicht zu schmunzeln, während er versuchte, seine Verlegenheit zu verbergen. Die unerwartete Begegnung brachte einen Moment der Leichtigkeit in den sonst so ernsten Alltag der Soldatenunterkunft.

„Komme ich etwa ungelegen?“ fragte Nimh neckend, während sie Danny mit einem spielerischen Funkeln in den Augen, die von ihrer Brille verdeckt waren, musterte. Danny spürte ihren Blick auf sich und drehte ihr den Rücken zu, bemüht, seine Verlegenheit zu verbergen. „Es gäbe sicherlich bessere Zeitpunkte,“ antwortete er mit einem leichten Lächeln in der Stimme, während er versuchte, die Situation zu entschärfen.

Nimh lachte leise und zuckte mit den Schultern. „Ich wollte dich wirklich nicht stören,“ sagte sie, ihre Stimme nun etwas sanfter. „Aber es ist schwierig, unter all den Soldaten einen Moment zu finden, in dem wir ungestört sind.“ Ihre Worte trugen eine gewisse Ernsthaftigkeit, die Danny innehalten ließ. Er wusste, dass die Gelegenheiten für private Gespräche rar waren, und trotz der unerwarteten Situation schätzte er Nimhs Offenheit.

„Es wird nicht ruhiger werden, Danny," sagte Nimh mit einem leichten Seufzen. „Hier sind nur du und ich." Er wusste, dass es wichtig war, diesen Moment zu nutzen, um zu sprechen, auch wenn die Umstände nicht ideal waren.

„In Ordnung," willigte Danny schließlich ein, seine Stimme nun ernst. „Aber gib mir bitte das Handtuch und dreh dich um, während ich mich abtrockne und anziehe." Nimh schmunzelte und reichte ihm das Handtuch, bevor sie sich abwandte.

Während Danny sich abtrocknete und umzog, richtete Nimh ihren Blick auf einen von Dampf beschlagenen Spiegel, der ihr zunächst keinen klaren Blick auf ihn gewährte. Doch ihre Neugier war geweckt, und mit einer unauffälligen Bewegung wischte sie über eine kleine Stelle des Spiegels. Durch das freigelegte Fenster im vom Dampf beschlagenen Spiegel, konnte sie Danny heimlich beobachten, während er sich in seine Kleidung hüllte. Sie sah, wie er sich mit einer Mischung aus Effizienz und Gelassenheit bewegte, seine Muskeln spielten unter der Haut, während er sich abtrocknete. Es war ein kurzer Moment der Intimität, der ihr einen Einblick in seine Welt gewährte, die sonst von Disziplin und Pflichterfüllung geprägt war. Nimh konnte nicht anders, als ein kleines Lächeln zu unterdrücken, fasziniert von der Mischung aus Stärke und Verletzlichkeit, die Danny ausstrahlte. Als Danny schließlich fertig war und sich zu ihr umdrehte, wandte sie sich ihm mit einem offenen Blick zu, bereit für das Gespräch, das sie beide erwartete.

„Also, was wolltest du so Dringendes mit mir besprechen, dass es nicht warten konnte?“ fragte Danny, während er sich sein Hemd zuknöpfte und Nimh mit einem neugierigen Blick ansah. Er spürte, dass etwas Wichtiges in der Luft lag, etwas, das ihre übliche Routine durchbrach.

Nimh zögerte einen Moment, als ob sie die richtigen Worte suchte, bevor sie schließlich antwortete: „Traue den Vögeln nicht, Danny. Und wenn es hart auf hart kommt, rette dich.“ Ihre Stimme war ernst, und ihre Augen suchten seinen Blick. „Jack würde Alles und Jeden für die Vögel opfern.“

Danny hielt inne, die Schwere ihrer Aussage sickerte langsam in sein Bewusstsein. Er wusste, dass Nimh nicht leichtfertig sprach, und ihre Warnung ließ ihn nachdenklich werden und ihm die Situation in einem neuen Licht sehen.

„Danke, dass du mir das sagst," erwiderte Danny schließlich, seine Stimme leise, aber dankbar. Er wusste, dass er auf ihre Worte achten musste, und dass diese Information möglicherweise entscheidend für seine Zukunft sein könnte.

„Du musst mir eine Frage erlauben," sagte Danny zu Nimh, während er sie mit einem durchdringenden Blick ansah. „Warst du diejenige, die das Feuer entfacht hat, das uns die nötige Zeit zur Flucht verschaffte?" Nimh hielt seinem Blick stand, und für einen Moment herrschte Stille zwischen ihnen. Schließlich nickte sie langsam.

„Ja, das war ich," gestand sie leise. „Es war riskant, aber ich wusste, dass wir keine andere Wahl hatten. Wir brauchten diesen Moment der Ablenkung, um uns in Sicherheit zu bringen." Danny atmete tief durch, die Bedeutung ihrer Worte sickerte in sein Bewusstsein. Er war dankbar für ihren Mut und die Entschlossenheit, die sie gezeigt hatte, um sie alle zu retten.

„Danke," sagte er schließlich, seine Stimme voller Anerkennung. „Du hast uns allen das Leben gerettet."

Nimh zuckte mit den Schultern, als wollte sie die Bedeutung ihrer Tat herunterspielen, aber ein kleines Lächeln huschte über ihr Gesicht.

„Wir tun, was wir tun müssen, um zu überleben," antwortete sie schlicht, und in diesem Moment fühlte sich die Verbindung zwischen ihnen stärker an denn je.

Obwohl Danny sich keinen Reim darauf machen konnte, wie all das möglich war, entschied er sich, Nimh einfach so anzunehmen, wie sie war – mit all ihren Geheimnissen und Rätseln. Die Spannung zwischen ihnen war fast greifbar, eine stille Übereinkunft, die sie beide näher zueinander führte.

Langsam bewegten sie sich aufeinander zu, als ob eine unsichtbare Kraft sie zueinander zog. Ihre Hände fanden sich vorsichtig, und sie spürten die Wärme und das leichte Zittern, das durch ihre Berührung ausgelöst wurde. Sanft strichen sie sich gegenseitig über die Arme, bis hinauf zu den Schultern, als ob sie zum ersten Mal die Berührung eines anderen Menschen erkundeten.

Es war ein zarter, fast scheuer Moment, der dennoch voller Intensität war. In dieser Berührung lag ein Versprechen, ein unausgesprochenes Verständnis, das über Worte hinausging. Beide wussten, dass sie in diesem Augenblick etwas Besonderes teilten, etwas, das sie beide inmitten der Unsicherheiten und Gefahren ihrer Welt verband.

In dem Moment, als ihre Lippen sich fast berührten, schien die Welt um Danny und Nimh stillzustehen. Die Luft war erfüllt von einer elektrisierenden Spannung, und alles andere verblasste in den Hintergrund. Ihre Augen waren geschlossen, ihre Atmung synchron, und es gab nur noch das leise Rauschen des Blutes in ihren Ohren. Es war ein Augenblick voller Erwartung, ein zarter Tanz zwischen Nähe und Verlangen.

Doch plötzlich wurde die Stille durch ein lautes Klopfen an der Badezimmertür unterbrochen. Jokers Stimme drang durch die Tür, mit einem unpassenden Scherz, der die Magie des Moments abrupt zerriss: „Danny, deine Palme musst du jetzt nicht auf Hochglanz polieren."

Überrascht und ein wenig verlegen ließen Danny und Nimh voneinander ab. Der Zauber des Augenblicks war gebrochen, und Danny seufzte leise, bevor er zur Tür ging. Er öffnete sie einen Spalt, um Joker mit einem genervten Blick zu sagen, dass er Ruhe geben solle.

Doch als Danny sich wieder zu Nimh umdrehte, war sie spurlos verschwunden. Der Raum fühlte sich plötzlich leer an, als ob die Wärme und Präsenz, die sie eben noch geteilt hatten, mit ihr verschwunden waren. Es war, als wäre sie ein flüchtiger Traum gewesen, der sich in Luft aufgelöst hatte, kaum dass er die Augen geöffnet hatte. Danny stand einen Moment lang still, die Hand noch an der Türklinke, und fragte sich, ob der Moment wirklich geschehen war oder ob er ihn sich nur eingebildet hatte.

Danny trat aus dem Badezimmer und bewarf Joker mit einem Handtuch, seine Frustration deutlich spürbar. „Musst du eigentlich immer zu den unpassendsten Momenten so sein?“ fragte er genervt, während er Joker einen vorwurfsvollen Blick zuwarf.
Joker lachte herzhaft und erwiderte mit einem schelmischen Grinsen: „Ich verstehe schon, es war warm, feucht und dann ein paar nette Gedanken an Nimh.“ Er zwinkerte Danny zu und fügte hinzu: „Diese Frau war schon der Grund für so einige volle Taschentücher.“

Danny konnte nicht anders, als über Jokers unverschämten Humor zu lachen, auch wenn er gleichzeitig angewidert die Augen verdrehte. Er schlug Joker freundschaftlich auf die Schulter, bevor sie beide zu ihren Feldbetten gingen, um sich schlafen zu legen.

Während sie sich hinlegten, dachte Danny noch einmal an den Moment mit Nimh zurück. Trotz Jokers Sticheleien konnte er das Gefühl der Nähe und die unausgesprochene Verbindung, die sie geteilt hatten, nicht ganz loslassen. Es war ein Gedanke, der ihn in den Schlaf begleitete, während das leise Atmen der Anderen im Raum eine beruhigende Hintergrundmelodie bildete.

Kapitel 13

Die Stunden vergingen, während Danny schlief. Die Sonne stand bereits hoch am Himmel, als er schließlich erwachte und feststellte, dass der Mittag näher rückte. Durch das Fenster konnte er das geschäftige Treiben draußen beobachten. Die Menschen waren fleißig dabei, die Vorräte aufzustocken und die Fahrzeuge fahrtüchtig zu machen. Stimmen und das Klirren von Werkzeugen erfüllten die Luft, während alle konzentriert arbeiteten, um die Weiterreise vorzubereiten. Danny rieb sich den Schlaf aus den Augen und streckte sich, bevor er sich erhob, um sich dem emsigen Treiben anzuschließen. Die Energie und der Tatendrang der Gruppe waren ansteckend, und er fühlte sich motiviert, seinen Teil beizutragen. Während er sich auf den Tag vorbereitete, dachte er kurz an Nimh und den Moment, den sie geteilt hatten, bevor er sich auf die Aufgaben konzentrierte, die vor ihm lagen.

Danny verließ die Soldatenunterkunft, in der einige seiner Kameraden noch schliefen.

Draußen empfing ihn der verlockende Duft von Eintopf, der aus einem großen Topf über einem offenen Feuer aufstieg. Ein Koch war eifrig dabei, den dampfenden Eintopf zu rühren und den hungrigen Menschen, die sich in einer kleinen Schlange versammelt hatten, großzügige Portionen auszuschenken. Die warme Mahlzeit war eine willkommene Stärkung für alle, die bereits seit den frühen Morgenstunden fleißig arbeiteten. Danny stellte sich in die Schlange und genoss die Mittagssonne, während er darauf wartete, an die Reihe zu kommen. Die Atmosphäre war belebt, und trotz der anstehenden Aufgaben war die Stimmung unter den Menschen gut. Als er schließlich seine Schüssel mit Eintopf erhielt, bedankte er sich beim Koch und suchte sich einen schattigen Platz, um die herzhafte Mahlzeit zu genießen. Er genoss einen Moment der Ruhe und Gemeinschaft, bevor der Tag mit all seinen Herausforderungen weiterging.

Eine Hand mit langen Fingern legte sich von hinten auf seine Schulter, und Danny wusste sofort, dass es Nimh war, die wieder einmal, wie aus dem Nichts aufgetaucht war. „Nimm dich in Acht“, flüsterte sie leise. „Jack sortiert heute die Menschen aus, die sich querstellen könnten.“ Bevor Danny reagieren konnte, war Nimh mit einer sanften

Bewegung wieder im Schatten verschwunden, so plötzlich, wie sie gekommen war. Danny blieb einen Moment lang regungslos sitzen, die Worte in seinem Kopf nachhallend. Er wusste, dass Nimhs Warnungen ernst zu nehmen waren, und Unruhe breitete sich in ihm aus. Er schaute sich um, versuchte, einen Blick auf sie zu erhaschen, aber sie war bereits verschwunden. Mit einem tiefen Atemzug machte er sich daran, die Informationen zu verarbeiten und zu überlegen, wie er sich am besten verhalten sollte.

Danny blickte durch die Runde und entdeckte Jack, der seinen Arm um Joker gelegt hatte und sich angeregt mit ihm unterhielt. Vorsichtig näherte er sich den beiden, bemüht, unauffällig zu bleiben. Er beobachtete, wie Jack mit einem Lachen Joker freundschaftlich in die Rippen boxte und fragte: „Hast du alles verstanden?“ Die Szene wirkte auf den ersten Blick harmlos, doch nach Nimhs Warnung war Danny wachsam. Er versuchte, die Stimmung zwischen den beiden einzuschätzen und herauszufinden, worüber sie sprachen, während er sich fragte, welche Rolle Joker in Jacks Plänen spielte.

Jack kam auf Danny zu, ohne ihn zunächst zu bemerken. Doch als er Danny erblickte, hielt er inne und sagte mit einem breiten Lächeln: „Danny, heute hast du großes Glück! Du wirst draußen mit den anderen Spähern patrouillieren. So eine Aufgabe vertraue ich nur den Besten der Besten an." Danny spürte, wie sich seine Anspannung ein wenig löste, als er Jacks Worte hörte. Es war eine Ehre, für diese wichtige Aufgabe ausgewählt zu werden, und er wusste, dass es eine Gelegenheit war, sich zu beweisen. Gleichzeitig erinnerte er sich an Nimhs Warnung und beschloss, wachsam zu bleiben.

Danny setzte seinen Weg zu Joker fort, neugierig darauf, was Jack von ihm wollte. Als Joker Danny bemerkte, eilte er auf ihn zu, die Aufregung in seinen Augen deutlich sichtbar. „Du wirst nie glauben, was der alte Sack zu mir gesagt hat", platzte es aus ihm heraus. „Er meinte, ich hätte das Potenzial, einer seiner Vögel zu werden. Ich müsste nur heute gut seine Befehle befolgen und das Tor von innen beschützen."

Danny hörte aufmerksam zu und erkannte, wie wichtig diese Chance für Joker war. Dennoch konnte er die Warnung, die er von Nimh erhalten hatte, nicht ignorieren. „Jocker, sei vorsichtig mit Jack", sagte Danny leise, bemüht, seinen Freund zu schützen. „Ich habe gehört, dass er heute besonders wachsam ist und..." Doch bevor Danny seine Warnung aussprechen konnte, unterbrach Joker ihn mit einem ungläubigen Lachen. „Ach, Danny, du bist doch nur eifersüchtig, weil ich diese Gelegenheit bekommen habe", erwiderte Joker und schüttelte den Kopf. Als er an Danny vorbeiging, um sich auf seine Wache vorzubereiten, rempelte er ihn leicht an, als Zeichen, dass er die Warnung nicht ernst nahm. Danny blieb zurück, besorgt um seinen Freund, aber entschlossen, selbst wachsam zu bleiben.

Die Stunden vergingen, und allmählich fanden sich alle gut vorbereitet an ihren Plätzen ein. Die Sonne senkte sich langsam dem Horizont entgegen, und bevor der letzte Sonnenstrahl verblasste, waren alle Zivilisten sicher in den Schutzräumen untergebracht. Die Soldaten nahmen ihre Positionen ein, wachsam und bereit für die Nacht. Eine gespannte Ruhe legte sich über das Gebiet, während die Dunkelheit hereinbrach und die Bedeutung ihrer Aufgaben noch deutlicher wurde. Danny spürte die kühle Abendluft und war sich der Verantwortung bewusst, die auf ihm und seinen Kameraden lastete. Es war ein Moment der Stille vor dem, was kommen mochte, und jeder war entschlossen, seinen

Beitrag zu leisten, um die Sicherheit aller zu gewährleisten.

Kaum war das Land in Dunkelheit getaucht, erkannten die Wachen auf der Mauer, die um die Kolonie gebaut war, ein Meer aus roten Augen in der Ferne. Diese unheimlichen Lichter bewegten sich unaufhaltsam auf sie zu, und die Bedrohung, die sie darstellten, war unübersehbar. Ein leises Raunen ging durch die Reihen der Soldaten, als sie die Gefahr erkannten, die sich näherte. Die Anspannung stieg, und jeder wusste, dass es jetzt auf ihre Entschlossenheit und ihren Zusammenhalt ankam, um die Kolonie zu schützen. Danny spürte, wie sein Herz schneller schlug, während er sich auf das Kommende vorbereitete, entschlossen, seinen Posten zu halten und seine Kameraden zu unterstützen.

Bauern, Kanonenfutter. Diese zwei Worte, die Sir Edmund einmal zu Danny gesagt hatte, gingen ihm durch den Kopf. Erst jetzt wurde ihm klar, was sie wirklich bedeuteten. Die Menschen, mit denen er draußen stand, waren Querulanten oder hatten auf andere Weise nicht in das Bild gepasst, das Jack von seiner idealen Gemeinschaft hatte. Danny erkannte, dass er aussortiert worden war. Sie waren draußen positioniert worden, um im Ernstfall für die Kolonie zu sterben, während Jack selbst seine Hände nicht schmutzig machen musste. Ein Gefühl der Ohnmacht und des Verrats überkam ihn, doch gleichzeitig wuchs in ihm der Entschluss, nicht kampflos aufzugeben. Er wusste, dass er und die Anderen mehr Wert waren, als nur als Schutzschild zu dienen, und er war entschlossen, einen Weg zu finden, um diese Situation zu überleben.

Jack stand im Zentrum der Kolonie, über einen Tisch gebeugt, während er genüsslich an seiner Zigarre zog. Nimh näherte sich ihm von hinten, und ohne seinen Blick von den Papieren auf dem Tisch zu heben, sprach Jack mit ruhiger, bestimmter Stimme: „Du bleibst heute in der Kolonie, hast du verstanden, meine kleine Schneeeule? Wir können es uns nicht leisten, dass dir etwas zustößt.“ Seine Worte waren autoritär, und es war klar, was er wollte.

Die ersten Soldaten, sowohl vor als auch auf der Mauer, eröffneten das Feuer auf die Devs, die in unzähliger Anzahl auf die Kolonie zustürmten. Die Luft war erfüllt von dem ohrenbetäubenden Lärm der Schüsse und dem Aufblitzen der Mündungsfeuer. Es war ein verzweifelter Versuch, die Welle der Zerstörung aufzuhalten, die drohte, alles

Leben in der Kolonie zu vernichten. Die Soldaten kämpften mit allem was sie hatten, entschlossen, ihre Lieben und alle anderen zu schützen. Trotz der überwältigenden Zahl der Angreifer hielten sie ihre Positionen, angetrieben von Mut und der Hoffnung, dass ihre Anstrengungen nicht vergeblich sein würden.

„Wo ist Danny?" fragte Nimh Jack mit scharfer Stimme. Jack hob kaum den Blick von seinen Papieren, als er antwortete: „Dies ist nicht von Belang für dich. Du musst nur wissen, wo du hingehörst." Nimh spürte einen Stich der Enttäuschung und des Zorns, als sie sich in Richtung der Mauer drehte. „Du hast ihn aussortiert. Warum?" fragte sie mit Nachdruck. Jack seufzte und antwortete kalt: „Er macht dich schwach, Kleine, und zudem hat er zu viele Fragen gestellt. Er musste weg. Aber sein Freund Jocker, besser kannst du dir einen Soldaten nicht backen." Seine Worte waren hart und unnachgiebig, und Nimh erkannte, dass Jack keine Skrupel hatte, Menschen zu opfern, die nicht in seine Pläne passten.

Nimh wandte sich abrupt von Jack ab und rannte in Richtung der Mauer. Mit tiefen Atemzügen versuchte sie, Dannys vertrauten Geruch in der Menge auszumachen. Entschlossen schlängelte sie sich durch die

Kolonie, immer in Richtung des Tores, in der Hoffnung, ihn rechtzeitig zu finden. Ihr Herz pochte heftig in ihrer Brust, während sie sich durch die Menschenmenge bewegte, angetrieben von der Sorge um Danny und dem Drang, ihn vor der drohenden Gefahr zu warnen. Sie wusste, dass sie schnell handeln musste, um ihn zu erreichen, bevor es zu spät war.

Vor dem Tor standen Wachen, die strikte Anweisung hatten, niemanden hinein- oder hinauszulassen. Nimh rannte auf das Tor zu, doch die Wachen hielten sie auf. Verzweifelt versuchte sie, sie zu überzeugen, sie hinauszulassen, aber sie blieben standhaft. In ihrer Frustration wandte sie sich an Joker, doch auch er verweigerte ihr den Durchlass. In einem Anfall von Wut packte Nimh Joker am Kragen und drückte ihn gegen das Tor. „Was hat er dir geboten? Was hat er dir versprochen, damit du deinen besten Freund verrätst?“ Ihre lila Augen funkelten wie Feuer hinter ihrer Brille, während sie ihn anstarrte, voller Enttäuschung und Zorn. Joker wich ihrem Blick aus, sichtlich hin- und hergerissen, aber er sagte nichts.

„Lass mich raus!“ fauchte Nimh, während sie mit jedem Wort gegen das Tor schlug und ihre Stimme immer mehr wie ein Knurren klang. Plötzlich hörte sie Jacks Stimme hinter sich: „Wagst du es wirklich, mir nicht zu gehorchen?“ Er machte eine Pause, bevor er hinzufügte: „Lass den Jungen runter.“ Widerwillig ließ Nimh Joker los und drehte sich zu Jack um. Ihr Blick war voller Trotz und Entschlossenheit, doch sie wusste, dass sie sich ihm nicht offen widersetzen konnte. Jack stand da, ruhig und mit einer Autorität, die schwer zu ignorieren war. Nimh spürte die Spannung in der Luft, während sie überlegte, was sie als Nächstes tun sollte.

„Komm, knie dich nieder, meine Schneeeule, und streck die Arme zur Seite,“ sagte Jack von oben herab. Nimh wusste, was von ihr erwartet wurde. Langsam begann sie, die Arme zur Seite gestreckt, in die Hocke zu gehen. Währenddessen wies Jack zwei seiner Männer an, sie in Gewahrsam zu nehmen. Doch als Nimh ganz unten war, hob sie den Kopf und grinste. Es war ein herausforderndes Lächeln, das zeigte, dass sie sich nicht so leicht brechen ließ. Trotz der scheinbar ausweglosen Situation bewahrte sie ihren Kampfgeist und ihre Entschlossenheit, nicht aufzugeben.

Nimhs Rücken begann sich heftig in der Höhe ihrer Schulterblätter zu bewegen, als ob etwas in ihr darauf drängte, freizukommen. Plötzlich brachen zwei schneeweiße Flügel aus ihr heraus, majestätisch und kraftvoll. Mit einem kräftigen Ruck erhob sie sich in die Lüfte und flog davon, die überraschten Gesichter der Wachen und Jack hinter sich lassend. Die Freiheit, die sie in diesem Moment spürte, war überwältigend, und mit jedem Flügelschlag entfernte sie sich weiter von ihren auferlegten Fesseln und näherte sich der Möglichkeit, Danny zu finden und zu retten. Nimhs Herz pochte vor Aufregung und Entschlossenheit, während sie in den Himmel stieg.

Als Nimh außer Schussweite von Jack und seinen Männern war, hielt sie in der Luft inne und riss sich die Brille herunter, die ihre empfindlichen Augen sonst vor grellem Licht schützte. Ohne die Brille konnte sie die Szene unter sich ganz genau wahrnehmen. Die Truppen draußen waren bereits in heftige Kämpfe verwickelt, und das Schlachtfeld war ein Chaos aus Bewegung und Lärm. Nimh spürte, wie die Eile in ihr aufstieg. Sie wusste, dass sie nicht viel Zeit hatte, um Danny zu retten. Ihre Gedanken rasten, während sie die Lage einschätzte und nach einem Weg suchte, um unbemerkt zu ihm zu gelangen. Mit einem tiefen Atemzug und einem entschlossenen Blick auf das Geschehen unter ihr, spannte sie ihre Flügel erneut und machte sich bereit, in die

Richtung zu fliegen, entschlossen, den Mann, der ihr so viel bedeutete, zu finden und in Sicherheit zu bringen.

Danny und die Männer, die vor der Mauer waren, kämpften unerbittlich um ihr Leben. Die Devs waren zu zahlreich, und es schien, als würden für jeden, den sie töteten, zwei Neue auftauchen. Die Lage war verzweifelt, und die Männer mussten all ihre Kräfte und Fähigkeiten aufbieten, um standzuhalten. Trotz der überwältigenden Übermacht gaben sie nicht auf, angetrieben von dem unerschütterlichen Willen, zu überleben und ihre Kameraden zu schützen. Jeder Schlag und jeder Schuss war ein Akt des Widerstands gegen die scheinbar endlose Flut von Gegnern, die sie umzingelte.

Danny feuerte in die Menge der Devs, als plötzlich der Kamerad neben ihm von einem Dev zu Boden gestoßen wurde. Der Anblick war erschütternd. Der Dev griff den Kameraden an und öffnete mit seinem Maul brutal den Brustkorb des Mannes, während das Blut in alle Richtungen spritzte. Dann trat der Dev mit seinen massiven Tatzen auf den Kopf des Kameraden, der vor Schmerzen noch zuckte, und zerquetschte ihn. Es war ein grausames Bild, als das Gehirn und ein Auge unter dem Druck der riesigen Tatzen hervorquollen. Die Brutalität des Moments ließ Danny kurz erstarren, doch er wusste, dass er weiterkämpfen musste, um nicht das nächste Opfer zu werden.

Mann um Mann fielen vor der Mauer. Es war ein Gemetzel. Der sandige Boden war vollgesogen vom Blut der Verwundeten und Gefallenen, wodurch er sich in einen lehmigen Untergrund verwandelte, auf dem man sich nur schwer bewegen konnte. Die Verteidiger kämpften tapfer, doch die Übermacht der Devs war erdrückend. Jeder Verlust war ein weiterer Schlag für die Moral der Männer, die sich verzweifelt bemühten, die Stellung zu halten. Der Boden war übersät mit den Spuren des erbitterten Kampfes, und die Schreie der Verwundeten hallten in der Luft. Trotz der aussichtslosen Lage gaben die Verteidiger nicht auf, entschlossen, bis zum letzten Atemzug zu kämpfen.

Kapitel 14

Mit flammendem Zorn in den Augen deutete Jack entschlossenen mit seinem Finger auf drei Soldaten, die in der Nähe standen. "Du, du und du! Mitkommen, wir holen sie uns zurück!"

Ohne einen weiteren Blick zu verschwenden, drehte sich Jack abrupt um und marschierte mit energischen Schritten vom Tor weg, direkt auf den Jeep zu.

Unter den ausgewählten Soldaten befand sich Joker. Jack schwang sich auf den Fahrersitz des Jeeps, während die Soldaten flink auf die Ladefläche kletterten, bereit für die bevorstehende Mission. Der Motor heulte laut auf, als Jack das Gaspedal durchtrat, und der Jeep schoss mit einem Ruck nach vorne, die Scheinwerfer durchdrangen die Dunkelheit der Nacht. Entschlossen raste Jack in Richtung Tor, bereit, sich Nimh zu holen und wenn nötig, mit allen Mitteln.

Vor dem gewaltigen Tor, das sich wie ein

drohender Wächter in den Himmel erhob, jagten sie mit unbändiger Geschwindigkeit durch den endlosen Sand. Die Räder des Jeeps wirbelten Staubwolken auf, die sich wie Geister über das Schlachtfeld legten. Unter ihnen knirschten die Überreste derer, die das Schicksal hierher verschlagen hatte, und die nun unter den gnadenlosen Reifen zermalmt wurden. Jeder Meter, den sie zurücklegten, war ein Wettlauf gegen die Zeit, ein verzweifeltes Rennen auf der Suche nach Danny. Jack wusste mit unerschütterlicher Gewissheit, dass sie auf dem Weg zu ihm war. Die Spannung in der Luft war greifbar, ein elektrisches Knistern, das die Haare im Nacken aufstellte. Jeder Herzschlag pochte wie ein Trommelschlag in seinen Ohren, während die Welt um sie herum in einem surrealen Tanz aus Staub und Schatten verschwamm.

Jack spürte den Adrenalinschub in seinen Adern, während er sich durch die chaotische Szenerie bewegte. Es war ihm völlig gleichgültig, ob sich vor ihm ein Mensch oder ein Dev befand – alles, was nicht schnell genug aus dem Weg sprang, wurde gnadenlos überrollt. Die Welt um ihn herum verschwamm zu einem Wirbel aus Farben und Geräuschen, während er sich unaufhaltsam seinen Weg bahnte. Jeder

Meter war ein Ausdruck seiner Entschlossenheit, jeder Herzschlag ein Takt in der Symphonie des Chaos, das er entfesselte. Jack war ein Sturm, unaufhaltsam und unbarmherzig, und nichts konnte ihn aufhalten.

Da war er. Nimh spürte, wie sich ihre Sinne schärften, als Dannys unverkennbarer Duft die Luft erfüllte. Es war ein Duft, den sie nicht nur wahrnahm, sondern der sie förmlich umhüllte, wie ein süßlicher Pfad, der sie unwiderstehlich in seine Richtung zog. Ihre starken Flügel schlugen kraftvoll und rhythmisch, während sie durch die Lüfte glitt, jeder Flügelschlag entschlossen. Die Welt um sie herum verschwamm zu einem Kaleidoskop aus Farben und Geräuschen, doch nichts konnte sie von ihrem Ziel ablenken. Der Wind rauschte an ihr vorbei, während sie mit einer Mischung aus Vorfreude und Nervosität immer näherkam. Was würde sie erwarten, wenn sie ihn erreichte? Die Spannung knisterte in der Luft, als Nimh sich auf das Unbekannte zubewegte.

Inmitten des tosenden Chaos des Schlachtfelds, als der Lärm der Kämpfe die Luft erfüllte, klopfte Joker auf das Dach des Jeeps. Sein Signal war klar und unmissverständlich. Jack, der am Steuer saß, spürte, wie sich seine Sinne schärften. Vor ihnen, inmitten eines Wirbels aus Staub und Rauch, stand Danny mit nur noch wenigen treuen Kameraden. Sie waren umzingelt von den bedrohlichen Devs, die sich wie ein unaufhaltsamer Sturm um sie scharten.

Ohne zu zögern, riss Jack das Lenkrad herum, und der Jeep schoss mit einem Ruck in die neue Richtung. Der Motor heulte auf, während sie über das unebene Terrain rasten, jeder Stoß und jedes Schlagloch ein weiterer Test für ihre Entschlossenheit. Der Wind peitschte ihnen ins Gesicht, und die Landschaft zog in einem verschwommenen Rauschen an ihnen vorbei.

Die Sekunden dehnten sich zu einer Ewigkeit, während sie auf Danny zurasten, die Spannung in der Luft war fast unerträglich. Jeder Herzschlag pochte wie ein Trommelschlag in Jacks Ohren, während er sich auf das konzentrierte, was vor ihm lag. Die Distanz zwischen ihnen und Danny schmolz dahin, und Jack wusste, dass sie keine Zeit zu verlieren hatten. Es war ein Wettlauf gegen die Zeit.

Nimh erblickte Danny inmitten des tobenden Gefechts, und in diesem Augenblick verwandelte sich ihre Entschlossenheit in pure, unaufhaltsame Energie. Wie ein majestätischer Greifvogel, der seine Beute erspäht hat, zog sie ihre Flügel eng an den Körper und stürzte mit atemberaubender Geschwindigkeit aus der Höhe herab. Die Luft zischte um sie herum, während sie wie ein lebendiger Blitz auf das Schlachtfeld zuraste.

Mit einer Wucht, die die Erde erbeben ließ, schlug Nimh inmitten der Soldaten und Devs ein. Die Wucht ihres Aufpralls war so gewaltig, dass sie die Kämpfer in alle Richtungen schleuderte, als wären sie nichts weiter als Blätter im Wind. Der Boden erzitterte unter der Kraft ihres Angriffs, und eine Staubwolke erhob sich, die die Szene in ein gespenstisches Halbdunkel tauchte.

Für einen Moment schien die Zeit stillzustehen, als die überraschten Soldaten und Devs versuchten, sich zu orientieren. Doch Nimh war bereits wieder in Bewegung, ihre Augen fest auf Danny gerichtet. Inmitten des Chaos war sie eine unaufhaltsame Kraft, bereit, alles zu tun, um ihren Freund zu schützen und die Bedrohung zu beseitigen. Jeder ihrer Atemzüge schien die Dramatik der Szene noch zu verstärken.

Schwer atmend und mit pochendem Herzen richtete Nimh sich auf, während der sich Staub langsam legte. Ihr Blick fixierte Danny, der regungslos am Boden lag, umgeben von den Gefallenen, in einer Lache aus Blut, inmitten dem Chaos. Die Welt um sie herum schien für einen Moment stillzustehen, als sie sich durch das Schlachtfeld kämpfte.

Als sie bei ihm ankam, ließ sie sich auf die Knie fallen und legte ihr Ohr auf seine Brust. Die Anspannung in ihrem Körper löste sich ein wenig, als sie das kräftige Schlagen seines Herzens hörte – ein beruhigender Rhythmus inmitten des Tumults. Ohne zu zögern, packte sie ihn an den Schultern und rüttelte ihn wach.

Langsam kehrte das Bewusstsein in Dannys Augen zurück. Er blinzelte, versuchte, die Welt um sich herum zu fokussieren. Sein Blick traf auf Nimhs Gesicht, das zunächst nur ein verschwommener Umriss war, doch allmählich klarer wurde. In ihren Augen lag eine Mischung aus Erleichterung und Entschlossenheit, die ihm die Kraft gab, sich zu sammeln. Trotz der Schmerzen und der Verwirrung spürte er die Verbindung zwischen ihnen, eine stille Versicherung, dass sie gemeinsam alles überstehen konnten. In diesem Moment zählte nur, dass sie beide noch am Leben waren und bereit, weiterzukämpfen.

Nimh zog Danny hastig auf die Beine. Gerade wollte sie ihm zurufen, dass sie keine Zeit zu verlieren hätten, als sie plötzlich die grellen Scheinwerfer des heranrasenden Jeeps erfassten. Der Jeep driftete mit erschreckender Präzision um sie herum, doch anstatt Sicherheit zu bringen, verbreitete er eine noch größere Bedrohung. Die Devs und Soldaten, die bewusstlos am Boden lagen, wurden gnadenlos überrollt. Eine mächtige Staubwolke erhob sich, als der Jeep mit quietschenden Reifen zum Stehen kam. Die Welt um Nimh verschwamm in einem blendenden Weiß, das ihr die Sicht raubte. Sie hob instinktiv einen Arm, um ihre Augen vor dem grellen Licht zu schützen, während ihr Herz in der Brust hämmerte. Panik kroch in ihr hoch, als sie blindlings in den Taschen ihres Mantels nach ihrer Brille tastete.

Die Sekunden dehnten sich zu einer Ewigkeit, während sie verzweifelt suchte, ihre Finger glitten über Stoff und Metall, bis sie endlich das vertraute Gestell ihrer Brille spürte. Mit zitternden Händen setzte sie sie auf und blinzelte in die staubige

Dämmerung. Langsam klärte sich ihr Blick, als sie durch die pechschwarzen Gläser schaute.

„Komm mit uns und lass den Jungen hier!" Jacks Stimme durchschnitt die staubige Luft wie ein scharfes Messer, als er aus dem Jeep stieg. Seine Präsenz war einschüchternd, und die Bedrohung in seinen Worten ließ keinen Raum für Zweifel. Die Männer auf dem Jeep und die Wachen auf der Mauer hatten ihre Waffen im Anschlag, bereit, auf sein Kommando hin zu handeln. „Solltest du versuchen, mich zu töten, wird der Junge sofort erschossen," fügte er mit einem kalten Lächeln hinzu, das keine Gnade versprach.

Jack stand nun direkt vor dem Jeep, seine Silhouette zeichnete sich bedrohlich gegen die Scheinwerfer ab. Mit einer fast provokanten Gelassenheit breitete er die Arme aus, als würde er Nimh einladen, sich ihm zu nähern. Es war eine Geste voller Arroganz, als ob er sicher wäre, dass sie keine andere Wahl hatte. Während Nimh die Situation abwog, schien es als würde jeder Herzschlag lauter werden. Sie wusste, dass jeder ihrer Schritte über Leben und Tod entscheiden konnte, und die Zeit schien sich zu dehnen, während sie überlegte, wie sie aus dieser gefährlichen Lage entkommen konnte.

Nimh ließ Danny langsam los, ihre Finger zögerten einen Moment, bevor sie sich endgültig von ihm lösten. Jack beobachtete jede ihrer Bewegungen mit einem selbstzufriedenen Grinsen, überzeugt davon, dass sie sich seinem Willen beugte. „Und jetzt, wie zuvor," befahl er mit einer Stimme, die vor Arroganz triefte. „Hin knien, aber deinen kleinen Trick lassen wir dieses Mal aus." Seine Worte waren eine klare Warnung, dass er sich nicht noch einmal täuschen lassen würde.

Mit einer Ohnmacht, die sie zu überwältigen drohte, kniete Nimh sich langsam hin. Der Staub wirbelte um sie herum, als sie den Boden berührte. Jack nickte zufrieden und gab zwei seiner Soldaten ein Zeichen. Sie traten mit schweren Schritt vor, um Nimh in den Jeep zu bringen.

Als sich die Soldaten sich näherten, spürte Nimh, wie sich alle ihre Muskeln anspannten. Jede Zelle in ihres Körpers schrie nach Widerstand, doch sie wusste, dass sie einen Plan brauchte, um Danny und sich selbst zu retten. Während sie zum Jeep geführt wurde, suchte ihr Verstand fieberhaft nach einem

Ausweg aus dieser scheinbar ausweglosen Situation. Die Zeit schien sich zu dehnen, und jeder Herzschlag hallte in ihren Ohren wider, während sie auf den richtigen Moment wartete, um das Blatt zu wenden.

Danny taumelte, als Nimh ihn losließ, und sank kraftlos zu Boden. Der Staub wirbelte um ihn herum auf, während er dort lag, verletzlich und erschöpft. Joker, der die Szene beobachtet hatte, spürte einen Stich in seinem Herz. Es war Mitgefühl. Ohne zu zögern, eilte er zu Danny, hob ihn vorsichtig auf und begann, ihn in Richtung des Jeeps zu führen. Jeder Schritt war eine stille Rebellion gegen die Kälte der Situation.

„Was soll das, Junge? Lass ihn liegen," kam Jacks Stimme, kalt und unbarmherzig, durch die angespannte Luft. Seine Worte waren wie ein schneidender Wind, der jede Wärme aus der Umgebung vertrieb. Joker hielt inne, sein Griff um Danny fest, während er in das Gesicht seines Freundes blickte. Für einen kurzen Moment stand die Zeit still.

Joker zögerte, sein Herz schlug schneller, als er die unausgesprochene Bitte in Dannys Augen sah. Es war ein stiller Appell an die Menschlichkeit, ein Funke von Hoffnung inmitten der Dunkelheit. Der Konflikt in

Jokers Innerem war stark, ein Kampf zwischen Loyalität und Mitgefühl. Die Sekunden dehnten sich, während er überlegte, ob er Jacks Befehl folgen oder seinem eigenen Gewissen gehorchen sollte.

Inmitten der angespannten Stille erkannte Nimh ihren Moment. Einer der Wachen stolperte, sein Griff um ihren Arm lockerte sich für den Bruchteil einer Sekunde. Es war alles, was sie brauchte. Mit einer plötzlichen, explosiven Bewegung riss sie sich los, nutzte die Überraschung zu ihrem Vorteil und schleuderte die beiden Männer mit einer Kraft, die sie selbst überraschte, gegen den Wagen. Metall traf auf Metall, und das Geräusch hallte durch die Luft.

Jetzt musste sie schnell sein. Ohne zu zögern, sprang Nimh vorwärts, ihre Bewegungen waren fließend. Sie rammte Jack zur Seite, der völlig unvorbereitet von ihrem Angriff getroffen wurde und ins Straucheln geriet. In einem fließenden Übergang packte sie Danny, zog ihn mit sich und warf sich hinter einen Haufen von Leichen, die wie stumme Zeugen des Chaos um sie herum lagen.

Kaum hatten sie Deckung gefunden,

prasselten Salven von Kugeln auf sie nieder, ein tödlicher Regen, der den Boden um sie herum aufriss. Der Lärm war ohrenbetäubend, doch hinter ihrem provisorischen Schutz waren sie sicher – zumindest für den Moment. Nimhs Herz raste, Adrenalin pumpte durch ihre Adern, während sie einen flüchtigen Blick auf Danny warf, um sicherzustellen, dass er unverletzt war. Die Welt um sie herum verschwamm, während sie fieberhaft überlegte, wie sie aus dieser lebensbedrohlichen Situation entkommen konnten.

Jack schüttelte den Schock ab und brüllte über das Schlachtfeld: „Feuer einstellen!“ Seine Arme schnitten durch die Luft. Die Schüsse verstummten abrupt, und eine unheimliche Stille legte sich über die Szene. Inmitten dieser plötzlichen Ruhe stand Joker, wie eine einsame Statue, die Hand auf seine Brust gepresst. Blut sickerte zwischen seinen Fingern hervor, ein dunkler Fleck, der sich unaufhaltsam ausbreitete.

Er schwankte, seine Beine schienen unter ihm nachzugeben, doch er kämpfte darum, aufrecht zu bleiben. Sein Blick war auf Danny gerichtet, ein Ausdruck von Schmerz und unausgesprochener Entschuldigung in seinen Augen.

Dann, mit einem letzten, verzweifelten Blick zu seinem Freund, brach Joker zusammen. Sein Körper fiel schwer zu Boden, und der Aufprall schien die Erde selbst zu erschüttern. Die Tragödie des Augenblicks war überwältigend, und die Realität dessen, was geschehen war, begann sich erst langsam in das Bewusstsein der Anwesenden zu schleichen. Es war ein Opfer, das niemand erwartet hatte.

Danny war wie versteinert, unfähig zu begreifen, was gerade geschehen war. Die Realität traf ihn wie ein Schlag in die Magengrube, und er wandte sich von dem Anblick ab, der ihm das Herz brach. In diesem Moment trat Nimh vor, ihre Präsenz eine Mischung aus Stärke und Sanftmut. Sie legte ihre Hände sanft auf Dannys Wangen, zwang ihn, ihr in die Augen zu sehen. Ihre Berührung war warm und beruhigend, ein Anker inmitten des Chaos.

„Ich verspreche, ich hole uns hier raus, und wir werden ihn rächen," sagte sie mit einer bebenden Stimme voller Entschlossenheit und Mitgefühl. Ihre Worte waren wie ein Schwur, der in die Ewigkeit hallte, ein Versprechen, das sie beide antrieb. Dann schloss sie die Augen, als ob sie die Welt um sich herum ausblenden wollte, und besiegelte ihr Versprechen mit einem Kuss. Es war schnell, aber intensiv, voller Emotionen und einer Verbindung, die in diesem Augenblick alles andere überstrahlte. Der Kuss war ein Funke in der Dunkelheit, ein Moment der Hoffnung, der sie beide daran erinnerte, dass sie nicht allein waren.

Noch bevor Danny die Ereignisse um ihn herum begreifen konnte, handelte Nimh mit der Schnelligkeit eines Sturms. Sie riss sich von ihm los, ihre Bewegungen waren fließend und zielgerichtet. Mit einem kraftvollen Anlauf stürzte sie sich auf Jack, ihre Beine streckten sich in einem perfekten Grätschsprung aus. Der Aufprall war heftig, und Jack fiel wie ein gefällter Baum zu Boden, überrascht und überwältigt von der plötzlichen Attacke. Ohne einen Moment zu verlieren, schwang sich Nimh in den Jeep. Der Motor heulte auf, als sie das Fahrzeug mit beeindruckender Präzision wendete und knapp an Jack vorbeifuhr, der sich gerade noch rechtzeitig zur Seite rollen konnte, um nicht überfahren zu werden. Der Staub wirbelte um ihn herum auf, während der Jeep an ihm vorbeiraste. Nimh hielt nur kurz neben Danny an, ihre Augen auffordernd an ihn gerichtet. Mit einer geschickten Bewegung streckte sie eine Hand aus, packte Danny fest und zog ihn mit aller Kraft in den Jeep. Alles geschah in einem fließenden, atemlosen Moment, der keine Zeit für Zweifel oder Zögern ließ. Der Jeep setzte sich in Bewegung, und die Welt um sie herum verschwamm zu einem Wirbel aus Farben und Geräuschen, während sie in den Sonnenaufgang davonrasten.

Die ersten Strahlen der aufgehenden Sonne tauchten die Landschaft in ein goldenes Licht, während die letzten überlebenden Devs sich langsam zurückzogen, ihre Silhouetten im Morgenlicht verblassend. Jack, noch benommen von den Ereignissen, richtete sich mühsam auf. Sein Blick folgte der großen Staubwolke, die der Jeep hinterließ, als er in der Ferne verschwand. Es war ein Anblick, der sowohl Frustration als auch Bewunderung in ihm hervorrief. Der Staub wirbelte in der kühlen Morgenluft, ein flüchtiges Zeichen des Mutes, der Nimh und Danny angetrieben hatte. Jack wusste, dass dies nicht das Ende war, sondern nur der Anfang eines neuen Kapitels in ihrer ungewissen Reise.

Die in der Kolonie verbliebenen Mitglieder der Vögel, kamen herbei und versammelten sich schweigend um Jack. Die Luft war schwer von unausgesprochenem Schmerz und Verlust, während Jack langsam auf

Jokers leblosen Körper zuging. Jeder Schritt fühlte sich an, als würde er durch zähen Schlamm waten, die Realität des Verlustes drückte schwer auf seine Schultern. Spatz, der jüngste unter ihnen, kniete sich nieder und hob vorsichtig Jokers leblosen Arm an, nur um ihn wieder fallen zu lassen. „Er wäre ein guter Vogel geworden," murmelte Spatz, seine Stimme kaum mehr als ein Flüstern im Wind. Die Worte hingen in der Luft, ein stilles Echo von Bedauern und Anerkennung. Jack nickte langsam, in seinen Augen konnte man fast schon Emotionen erkennen. Ein tiefer Atemzug, dann wies er seine Männer an, Jokers Körper zurück in die Kolonie zu bringen. Es war eine Geste des Respekts und der Ehre, ein letzter Dienst für einen gefallenen Kameraden. Während die Vögel sich in Bewegung setzten, um Joker auf seine letzte Reise zu begleiten, versprach Jack sich selbst, dass sein Opfer nicht umsonst gewesen sein würde. Die Sonne stieg höher am Himmel, ein stiller Zeuge ihrer Trauer und ihres unerschütterlichen Zusammenhalts.

Kapitel 15

Anna war am Ende des Tagebuches angekommen, und ihr Herz schlug schneller, als sie die letzte Seite umblätterte. Die Worte, die sie gelesen hatte, wirbelten in ihrem Kopf herum und ließen sie mit mehr Fragen als Antworten zurück. Wie konnte das alles nur sein?

Mit zitternden Händen betrachtete Anna die letzte Seite genauer. Ihr Blick wanderte über die vergilbten Zeilen, die von Geheimnissen und unerklärlichen Ereignissen erzählten. Doch etwas anderes zog ihre Aufmerksamkeit auf sich – die Verbindung zwischen Buch und Einband.

Es war, als ob die obere rechte Ecke des Einbands sich langsam von der Innenseite löste, und ein verborgenes Geheimnis preisgeben wollte. Annas Neugierde war geweckt. Sie beugte sich näher heran, ihr Atem stockte vor Aufregung.

Langsam, fast ehrfürchtig, hob sie die Ecke an. Ein leises Rascheln erfüllte die Luft, als sich ein kleiner Umschlag aus dem Einband löste und sanft zu Boden schwebte. Anna kniete sich hin und hob ihn auf, ihre Finger zitterten vor Spannung.

Der Umschlag, der herausfiel, wirkte neu und schien nicht zum Buch zu passen. Es handelte sich um einen weiteren Brief vom alten Mann. Ein Schauer lief ihr über den Rücken, als sie erkannte, dass dies der Schlüssel zu einem längst vergessenen Geheimnis sein könnte.

Anna wusste nun, dass ihre Reise gerade erst begonnen hatte. Das Tagebuch hatte sie an einen Punkt geführt, an dem die Vergangenheit und die Gegenwart auf mysteriöse Weise miteinander verwoben waren. Und sie war fest entschlossen, das Rätsel zu lösen, das sich vor ihr entfaltete.

„Es gibt noch weitere Bücher wie dieses", las Anna laut, ihre Stimme ein Flüstern in der Stille. „Es war nicht genug Zeit und auch nicht sicher genug, dir alle auf einmal zu geben." Ihr Herz schlug schneller, während sie die Bedeutung dieser Worte zu begreifen versuchte. Was für Bücher könnten so wichtig sein, dass sie versteckt werden mussten?

„Gehe in meine Wohneinheit. Hinter meinem Badezimmerspiegel wirst du ein Fach finden und die Antworten, die du suchst.“ Anna spürte ein Kribbeln der Aufregung und der Angst, dass sie erschaudern ließ. Was für Antworten könnten dort verborgen sein? Und warum hatte der alte Mann sie ausgewählt, um sie zu finden?

„Mögest du auf sichereren Pfaden wandeln als ich“, endete der Brief, eine kryptische Warnung, die Anna nicht ignorieren konnte. Sie faltete das Papier sorgfältig zusammen und steckte es zurück in das Buch. Die Worte hallten in ihrem Kopf wider, während sie sich auf den Weg machte, entschlossen, das Geheimnis zu lüften, das der alte Mann ihr hinterlassen hatte.

Mit jedem Schritt, den sie in Richtung der Wohneinheit des alten Mannes machte, wuchs die Spannung in ihr. Was würde sie hinter dem Badezimmerspiegel finden? Und welche Gefahren könnten auf sie lauern, wenn sie den Pfad betrat, den der alte Mann einst beschritten hatte? Anna wusste, dass sie keine andere Wahl hatte, als es herauszufinden.

Anna schlich mit schnellen, aber bedachten Schritten durch die schmalen, von Schatten durchzogenen Gassen, die zur Wohneinheit des alten Mannes führten. Jeder ihrer Schritte war ein leises Flüstern auf dem Kopfsteinpflaster, während die kühle Nachtluft ihre Haut prickeln ließ. Sie zog den Mantel enger um sich, nicht nur wegen der Kälte, sondern auch um sich vor neugierigen Blicken zu schützen. Die Straßenlaternen warfen lange, gespenstische Schatten, die sich wie dunkle Finger über den Weg erstreckten. Anna wusste, dass sie nicht von den falschen Leuten gesehen werden durfte – die Konsequenzen wären unvorstellbar. Ihr Herz schlug schneller, als sie sich der unscheinbaren Tür näherte, hinter der sich Geheimnisse verbargen, die die Macht hatten, alles zu verändern. Ein leises Knarren ertönte, als sie die Tür öffnete. Anna war überrascht das diese nicht abgeschlossen war und hielt für einen Moment den Atem an, lauschend, ob jemand ihre Anwesenheit bemerkt hatte. Doch die Nacht blieb still, und Anna trat ein, bereit, sich den Geheimnissen des alten Mannes zu stellen.

Das silberne Mondlicht, das durch die Fenster fiel, reichte aus, um den Raum in ein gespenstisches Licht zu tauchen, und sie entschied sich, kein Licht anzumachen, um nicht unnötig Aufmerksamkeit zu erregen.

Als ihre Augen sich an die Dunkelheit gewöhnten, bemerkte sie, dass die Wohneinheit chaotisch war. Bücher lagen verstreut auf dem Boden, Schubladen standen offen, und Möbel waren verschoben. Es war, als ob jemand verzweifelt nach etwas gesucht hatte. Annas Herz zog sich zusammen bei dem Gedanken, dass sie nicht die Einzige war, die nach den Geheimnissen des alten Mannes suchte.

Sie bewegte sich leise durch den Raum, ihre Sinne geschärft und wachsam. Jeder Schatten schien sich zu bewegen, und jedes Geräusch ließ sie zusammenzucken. Doch sie wusste, dass sie keine Zeit zu verlieren hatte. Der alte Mann hatte ihr vertraut, und sie musste herausfinden, was hier vor sich ging, bevor es jemand anderes tat. Ein tiefer Atemzug, dann machte sie sich auf den Weg zum Badezimmer, wo das versprochene Fach auf sie wartete, hoffend, dass die Antworten, die sie suchte, noch dort waren.

Ihr Herz pochte in ihrer Brust wie ein Trommelschlag. Die Unordnung in der Wohneinheit hatte ihre Sorge nur verstärkt, und sie hoffte inständig, dass der oder die Eindringlinge das Versteck des alten Mannes nicht entdeckt und geplündert hatten. Das Badezimmer war klein und schlicht, doch das Mondlicht, das durch das kleine Fenster fiel, verlieh dem Raum eine magische Atmosphäre. Anna trat an den Spiegel heran, ihre Finger zitterten leicht, als sie ihn vorsichtig zur Seite schob. Dahinter verbarg sich ein kleines Fach, das auf den ersten Blick unberührt schien. Erleichterung durchströmte sie, doch sie wusste, dass sie noch nicht sicher sein konnte. Sie öffnete das Fach und spähte hinein, in der Hoffnung, dass die Antworten, die sie suchte, noch sicher darin verborgen lagen.

Anna konnte ihren Augen kaum trauen. Zwei weitere Bücher lagen dort, sorgfältig gestapelt und scheinbar unberührt. Ihre Einbände waren alt und abgenutzt, doch sie strahlten eine geheimnisvolle Anziehungskraft aus, die Anna sofort spürte. Sie wusste, dass diese Bücher der Schlüssel zu den Rätseln waren, die der alte Mann ihr hinterlassen hatte. Ohne zu zögern, nahm sie die Bücher an sich, ihre Finger glitten über die rauen Einbände, während sie sie fest an sich drückte. Sie wusste, dass sie keine Zeit verlieren durfte. Mit einem letzten Blick auf das Chaos in der Wohneinheit des alten Mannes machte sie sich auf den Weg nach draußen, ihre Schritte leise und schnell. Die

Nachtluft empfing sie kühl und frisch, als sie die Tür hinter sich schloss und in die Dunkelheit der Gassen eintauchte, entschlossen, die Geheimnisse der Bücher zu entschlüsseln, bevor es jemand anderes tat.

So verschwand Anna in der Nacht. Das Mondlicht begleitete sie auf ihrem Weg, während sie sich leise und unauffällig durch die Dunkelheit bewegte. Die Bücher fest an ihre Brust gedrückt, fühlte sie die Schwere der Geheimnisse, die sie bargen, und die Verantwortung, die nun auf ihren Schultern lastete. Jeder Schritt führte sie weiter weg von der Wohneinheit des alten Mannes und tiefer in das Unbekannte, das vor ihr lag.

Hinter Anna, verborgen in den Schatten der Nacht, glühten rote Augen, die sie unablässig fixierten und langsam immer mehr wurden. Ein tiefes, bedrohliches Knurren begleitete die unheimliche Präsenz, die ihr folgte, leise und unbemerkt. Anna spürte ein prickeln auf ihrer Haut, als ob die Dunkelheit selbst sie warnen wollte. Doch in ihrem Eifer, die Geheimnisse der Bücher zu entschlüsseln, war sie sich der Gefahr nicht bewusst, die in der Dunkelheit lauerte. Die Augen, die sie verfolgten, funkelten wie rubinrote Flammen in der Nacht. Anna setzte ihren Weg fort, nichts ahnend, dass sie nicht allein war und dass die Nacht mehr

Geheimnisse barg, als sie sich je hätte vorstellen können.

Aber das ist eine andere Geschichte.

Printed in Poland
by Amazon Fulfillment
Poland Sp. z o.o., Wrocław

51298371R00122